21世纪高等学校计算机规划教材

21st Century University Planned Textbooks of Computer Science

现代信息系统分析与设计教程

A Course in Morden IS Analysis and Design

徐洁磐 朱怀宏 编著

高校系列

人民邮电出版社

北京

图书在版编目（CIP）数据

现代信息系统分析与设计教程 / 徐洁磐，朱怀宏编
著. -- 北京：人民邮电出版社，2010.3
21世纪高等学校计算机规划教材
ISBN 978-7-115-21929-9

Ⅰ. ①现… Ⅱ. ①徐… ②朱… Ⅲ. ①信息系统－系
统分析－高等学校－教材②信息系统－系统设计－高等学
校－教材 Ⅳ. ①G202

中国版本图书馆CIP数据核字(2009)第224497号

内 容 提 要

本书主要介绍信息系统的基本概念，信息系统分析与设计的基础性知识，传统的结构化分析与设计方法，面向对象方法及面向对象的分析与设计方法，UML 及基于 UML 的分析与设计方法，最后对信息系统分析与设计作了一个总结性的分析与介绍。

本书可作为计算机应用、信息管理、信息工程及软件工程等专业的本科教材，还可作为信息系统开发人员以及从事 IT 行业的人员的参考用书。

21 世纪高等学校计算机规划教材

现代信息系统分析与设计教程

◆ 编　著　徐洁磐　朱怀宏
　　责任编辑　梁　凝

◆ 人民邮电出版社出版发行　北京市崇文区夕照寺街 14 号
　　邮编　100061　电子函件　315@ptpress.com.cn
　　网址　http://www.ptpress.com.cn
　　三河市海波印务有限公司印刷

◆ 开本：787×1092　1/16
　　印张：12
　　字数：312 千字　　　　　　　2010 年 3 月第 1 版
　　印数：1 - 3 000 册　　　　　2010 年 3 月河北第 1 次印刷

ISBN 978-7-115-21929-9

定价：29.00 元

读者服务热线：(010)67129264　印装质量热线：(010)67129223
反盗版热线：(010)67171154

前　言

　　信息系统分析与设计是计算机科学技术中的一个新的研究领域，它对当今计算机软件的开发、信息系统的建设起着关键性的作用。从20世纪80年代开始，信息管理类相关专业就开设此类课程，当时一般被称为"管理信息系统的分析与设计"，在此课程中主要介绍结构化的分析与设计方法。面向对象方法在分析与设计中的应用，特别是UML的出现，大大地丰富了信息系统分析与设计的内容，这样一门结构完整、内容丰富的课程就此诞生，它就是"信息系统分析与设计"课程。该课程目前已由信息管理类专业扩充到计算机应用类专业，其中包括计算机应用、软件工程、信息工程及信息管理等专业。

　　由于信息系统分析与设计的技术发展较快，有关的课程建设相对滞后，所以编写相应的教材成为当务之急。目前可供作为教材的信息系统分析与设计的书籍中存在明显的不足，主要表现在以下几点：

　　1. 以译著或编译为主，缺少原创性教材。

　　2. 基于UML的分析与设计的内容较多，缺少全面、系统性的介绍。

　　3. 以技术性介绍为多，缺少适合教学需要的教材。

　　基于这种原因，作者在积累多年教学与开发经验的基础上，并参考与分析了大量相关书籍，博采众长，精心编著完成此教材。本教材有以下一些特点。

　　1. 全面、系统地介绍信息系统分析与设计的三种方法，既有传统性又有发展性，更具前瞻性。

　　2. 注重基本概念与基本原理的介绍，同时也注重实际应用，将理论与实际相结合。

　　3. 讲解通俗易懂，文字深入浅出，内容自封闭性好，即一般所需知识在书内均有介绍。

　　4. 为适合教学需要，每章均有小结及习题供学生复习参考，全书还有PPT可供教师免费使用。

　　本书由八章三部分内容组成，其中第1章介绍信息系统的基本概念，第2章介绍信息系统分析与设计的基础性知识——软件工程的内容，第3章介绍传统的结构化分析与设计方法，第4、5章分别介绍面向对象方法及面向对象的分析与设计方法，第6、7章则分别介绍UML及基于UML的分析与设计方法，第8章对信息系统分析与设计作一个总结性的分析与介绍。

　　本书可作为计算机应用类相关专业（如计算机应用、信息管理、信息工程及软件工程等）本科"信息系统分析与设计"课程的教材，还可作为信息系统开发人员以及从事IT行业的人员的参考用书。

　　值本书付梓之际，首先向山东大学董继润教授表示感谢，他为审阅本书付出了艰辛劳动，并提出了大量宝贵的意见和建议，同时也感谢南京大学张德富教授对本书的支持。此外，本书在编写中也得到了南京大学计算机软件新技术国家重点实验室的支持，在此一并表示感谢。

由于作者水平所限，错误之处在所难免，恳请读者指正。

徐洁磐

2009.12

南京大学计算机软件新技术国家重点实验室

目 录

第1章
信息系统基本概念

　　本章将介绍信息系统的整体概况以及基本概念，在本章建立起信息系统的完整的、全局的构架。本章内容十分重要，它对全书起到提纲挈领的作用。

　　当今社会是一个信息社会，在信息社会中如何使用、管理与传播信息成为人们所关注的重要内容。在本书中介绍以计算机技术为工具的信息系统，以及对它的开发，它在促进社会的信息化以及信息的有效利用与传播方面起着至关重要的作用。

　　本章具体内容包括：

- 信息系统中的若干基本概念；
- 信息系统开发与信息系统分析、设计；
- 信息系统的应用。

1.1　信息的基本概念

1.1.1　信息的一般含义

　　"信息（information）"一词是现代社会人们使用频率最高的词语之一，但是信息的含义到底是什么，众说纷纭莫衷一是。信息是本书的灵魂，因此必须对它有一个明确的解释。

　　在国外，由于不同的研究背景与应用目的，不同的专家对信息有着不同的理解。如信息论创始人香农（C.E.Shannon）对信息有如下的解释，他说："信息是用于消除信息接收者某种认识上不确定的东西"。控制论创始人维纳（N.Wiener）则认为"信息是人们在适应客观世界，并使这种适应作用于客观世界的过程中同客观世界进行交换的内容名称"。在《牛津字典》中信息被定义为"新闻和知识"。在日本《广辞苑》中则说："信息是所观察事物的知识"。我国学者钟义信则认为信息可从本体论及认识论两个方面去理解：从本体论的角度看，信息是"事物运动状态与状态变化方式的自我表述"；从认识论观点看，信息是"主体所感知或表述的关于事物的运动状态及其变化方式"。

　　从上面的几个定义中我们可以看出，信息是存在于客观世界中的确定事实，它具有一定的物理含义。首先我们说，信息反映了一种确定事实，即香农所说的"……东西"、维纳所说的"……内容"以及钟义信所说的"……事物"。其次，这种事实是存在于客观世界中的，我们通过一些手段是可以获得的，即维纳所说的"……客观世界"。第三，这种事实是有一定含义的，即表示此类事实不是抽象空洞的，而具有具体的"运动状态及其状态变化方式"。

　　如下面所说的是信息：

- 月季花是红的；
- 飞机能在天上飞行；
- 朱元璋是明代开国皇帝；
- 月球围绕地球作轨道运动。

对以上四条进行分析，首先，它们均是事实；其次，它们均存在于客观世界中；最后，它们有具体的含义，它们不是反映事物状态就是反映状态的变化方式。

而下面所说的则不是信息：

- 12.3；
- $x+y$。

首先，12.3 是一种抽象的事实，它不具有任何物理含义，它可以表示 12.3 元人民币，也可以表示 12.3t 货物，也可以表示 12.3km 路程，它带给人们的是没有任何信息价值的事实；其次，$x+y$ 中由于 x 与 y 均无物理含义，所以我们也不知道 $x+y$ 的含义是什么，故同样，$x+y$ 不是信息。

上面，我们从一般意义上对信息的定义作了解释，从此处我们可以看出信息具有如下的一些特性。

1. 信息的真实性

当信息反映客观世界中真实的事实时它才有价值，否则会产生负面效果，因此，真实性是信息的最重要特性，如"人可以长生不老"，"永动机是存在的"等并不反映客观世界的真实性，它没有传递有价值的信息，相反，它会误导人们，产生负面的影响。

2. 信息的确定性

信息的确定性表示信息所给予人们的是明确的事实而不是模糊不清、模棱两可的事实，如"我明天可能去听讲座，也可能不去听讲座"所反映的是模棱两可的事实，它并不能给人任何有价值的东西，因此它不是信息。

3. 信息的共享性

信息可以多次、以多种角度以及多种方式被使用，这是信息的共享性，这种共享性与物质共享不同，其得失之和不为零。在物质层面，我有一支笔，我将笔给了你，你增加了一支笔，而我却少了一支笔，其得失之和为零。但知识则不同，教师向学生传授知识，学生获得了知识，但教师的知识并没有减少。信息的共享性为信息的价值提供无限的增值空间。

4. 信息的有用性

信息的真实性与确定性使信息具有有用性，如天气预报信息、国民经济普查信息、高考录取信息等，它们都是有用的信息。信息的有用性使信息成为发展国民经济与建设和谐社会的有力保证，也使信息成为人类的财富与非物质资源。

5. 信息的扩散性

信息可以通过多种手段与渠道进行传播与扩散。信息扩散的方式很多，有口头传播，有书面传播，目前最为普及的扩散方式是网络传播。信息的扩散有利于信息的利用与增值，但不利于对信息的保护。

1.1.2　信息的特定含义

由于本书以讨论信息系统为主，所以在本书中所指的信息是与信息系统相关联，具有一定的特指性的，亦即是说，在本书中信息不仅具有一般性，还具有特指性。在这节中我们讨论的信息的特指性，也称为信息的特定含义。

在信息系统中的信息具有特定的环境与作用，因此具有一定局限性，主要表现在以下几点。

1. 在信息系统中的信息一般与计算机系统相关联

在信息系统中的信息一般与计算机系统相关联，它们在表示与处理过程中均与计算机系统紧密相关，包括与计算机网络、与计算机系统硬件和软件相关。这使得其环境平台有一定局限性。

2. 在信息系统中的信息一般与计算机系统中的应用相关联

在信息系统中的信息仅限于与计算机应用有关，这使得其范围具有一定局限性。

在上述两种局限性下我们来讨论信息。我们说信息从表现形式上是计算机内带有一定语法规则的符号串，同时它在内容上有明确的语义。这种信息可以在计算机中得到实现，它表现为计算机中带有结构的数据。我们说数据本身是不带有语义的，它是客观世界中实体的抽象表示，它在计算机内表示为带有一定规则的符号串。从这点讲，数据即表示为信息的抽象形式。但在数据库中，数据的语义可由其数据结构，即数据模式赋予，如关系数据库中，即由关系表及相关属性赋予。因此我们说，带有数据模式的数据，即数据库中的数据可以表示信息。下面可以举几个例子。

【例 1.1】 设有数据如下：

97132584　田庄　三江　生物　植物　17

该数据语义不明，因此不构成信息，但是在对它放入一定的数据模式后其语义就非常明确了（见表 1.1）。它表示为一个信息，该信息是一个学生的登记信息，表示有一个学生名叫田庄，就读于三江大学生物系植物专业，年龄 17 岁，学号为 97132584。

表 1.1　　　　　　　　　　　　　　　　"学生"关系表

学　　号	学生姓名	大　学　名	系　　名	专　业　名	年　　龄
97132584	田庄	三江	生物	植物	17

【例 1.2】 设有数据如下：

37834　370　120　48　54

该数据语义不明，它不构成信息，但将其放入表 1.2 所示的货物登记表后其语义就十分明确了。它表示货号为 37834 的货物，长 370cm，宽 120cm，高 48cm，质量为 54kg。这是一个信息。

表 1.2　　　　　　　　　　　　　　　　"货物登记"关系表

货　　号	长度（cm）	宽度（cm）	高度（cm）	质量（kg）
37834	370	120	48	54

在信息系统中的信息共享性表现为在数据库中的数据共享，即多个用户按照一定规则可以访问同一个数据库。

在信息系统中的信息扩散性表现为信息在网络中的传播，并通过口令及加密等安全措施以防止传播中的信息受到破坏与非法访问。

因此我们可以说，具有特定含义的信息在计算机系统中能够得到充分的表示和体现。它为构造真实的、确定的以及有用的信息提供技术支持，也使信息系统的物理构作成为可能。

1.2　信息系统的基本概念

在前面论述信息的基础上我们在这节中讨论信息系统，所谓信息系统即以信息为核心的一种系统。我们首先讨论"系统"的概念，在了解了"信息"与"系统"两个概念后，"信息系统"的概念就十分容易理解了。

1.2.1 什么是系统

从抽象意义上讲，系统（system）是一组为实现共同目标而相互关联、相互作用的部件。下面我们对它作一定的解释。

1. 系统是由若干个部件组成的

这表示系统是一些部件的组合体，它从结构上说明了系统的复杂性。如果某部件具有系统的特征，则该部件可称为子系统（subsystem），而此时的系统则称为超系统（supper system）。如此可继续不断，使系统成为一个复杂的组合体，对系统不断分解得到的最终不能被分解的部件可称为元素，因此我们可以说，系统是由一些基本单元组成的，基本单元则称为元素。

2. 系统的部件间是相互关联、相互作用的

系统的部件间不是分割的，而是相互有联系的，在系统活动中它们相互作用、相互制约并相互协调。

3. 系统有一个实现目标

系统的活动过程中都有一个实现目标，这个目标就是系统功能的综合表现，系统的各部件都是为实现系统目标而完成的局部目标或子目标，而部件间相互协作也正是为系统共同目标的实现做出的努力。

系统的共同目标也体现了系统的整体性，在整个系统中，各部件及它们间的协作都为实现一个共同目标而努力。

在自然界和人类社会中系统无处不在，下面的现象均为系统：

- 人体的生理系统
- 地球生态系统
- 汽车系统
- 政府机构系统
- 计算机系统

系统一般可分为自然系统和人造系统两种，自然系统是自然界所存在的系统，而人造系统则是由人所创造的、为达到某种目的的系统，前面举例中的前两个即为自然系统，而后面三个则为人造系统。人造系统又可分为人工系统与自动系统，通过以人的活动为主而实现目标的系统称为人工系统，而通过非人工的机械、电子等技术活动为主而实现目标的系统称为自动系统。如税务局、学校、IBM 公司等均为人工系统，而飞机、打印机、计算机等均为自动系统。图 1.1 给出了系统的横向分类图。

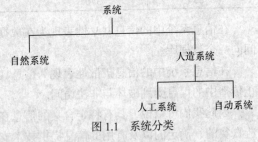

图 1.1　系统分类

系统有超系统与子系统之分，一个系统可以是某个系统的子系统，也可以是每一个系统的超系统。如激光打印机是一个系统，它可以是某计算机的配套设备，因而是该计算机的子系统，同时，它有硒鼓、托盘等部件，它们构成了激光打印机的子系统。一般而言，在系统中构成一个超系统与子系统的层次结构是一种系统的纵向结构，这种层次与系统复杂性有关，它可以有多个层次。图 1.2 所示即是系统层次的纵向结构。

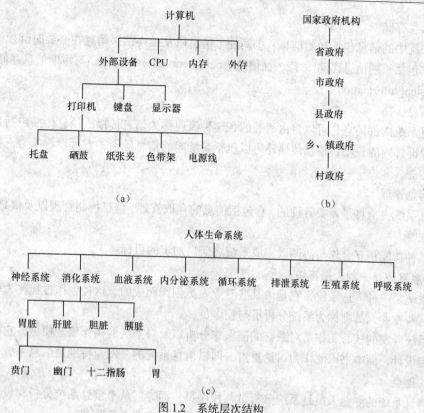

图 1.2 系统层次结构

1.2.2 什么是信息系统

前面已经对信息及系统作了介绍，现在我们就可以介绍信息系统的概念了。我们说信息系统（information system）是一种专门类型的系统，它主要用于对信息进行采集、输入、输出、处理、存储、传播以及对信息进行管理。这种系统是一种人造系统中的自动系统。

下面我们对它作一些必要的解释。

1. 信息系统是一种以信息输入、输出、处理、存储、传播及管理为目标的系统

信息系统是一种以信息加工为目标的系统，这种加工包括信息采集与输入、信息输出、信息处理、信息存储、信息传播以及信息管理等功能与内容。

（1）信息采集与输入

信息系统的第一个任务是采集信息并将其输入到主系统内，系统所采集的信息是初始信息，采集的手段可以是自动的，也可以是人工的。信息经采集后通过信息输入进入系统内，信息输入是信息的入口点与信息加工的初期阶段。

（2）信息的输出

信息经信息系统加工处理后是系统输出，系统输出是整个系统的出口点与信息加工的最后阶段。系统输出有多种方式与多种形式，它可以通过输出设备，也可以通过网络输出，其输出形式可以是文字，也可以是报表、图表以及多媒体等形式。

（3）信息处理

信息处理是信息加工的核心部分，它负责对信息作转换，包括排序、分类、归并、统计以及计算、推理、分析等操作。

（4）信息存储

信息系统中的信息包括初始信息、中间加工信息以及最终结果信息在必要时都须作一定时间的存储，它包括长期信息存储[称持久性信息（persistent information）]与短期信息存储[称挥发性信息（transient information）]。

（5）信息传播

在信息系统内部信息是可以自由流通的，这种流通称为信息传播。信息传播包括系统部件间的流通以及部件内的流动，信息传播还可以包括系统间的信息流通，它可以看成为一种超系统内部的信息传播。

（6）信息管理

在信息系统内信息是需要管理的，它包括信息的存取管理、信息控制管理以及信息的完整性、安全性管理等。

以上六种功能相互合作与协调以完成系统之信息加工的目标。

2. 信息系统是一种人造系统

信息系统是一种人造系统，它是由某些专业人员创作而成的，这种创作过程称为信息系统的开发，而这些专业人员则称为系统分析员与程序员。

信息系统开发的核心工作是对系统的需求作分析以及对系统的构作建造模型，它称为信息系统的分析与设计，而本书以此作为讨论重点，即以信息系统的开发，特别是信息系统分析与设计作为介绍的重点。

开发信息系统的专业人员是系统分析员与程序员，而专门从事信息系统分析与设计的人员则是系统分析员，本书在后面将会介绍系统分析员的具体工作职责及要求。

3. 信息系统是一种自动系统

信息系统是一种自动系统，它是依靠非人工的技术手段完成目标的系统。一般而言，信息系统是依靠现代电子技术、通信技术、计算机技术、网络技术以及机械、光电、多媒体等多种技术合成而完成目标的系统，特别是下面几种技术是关键的：

- 计算机网络技术
- 数据库技术
- 软件工程
- 面向对象技术

对于这四种技术下面我们将作详细介绍。

1.3　常见的信息系统

信息系统是人们经常接触的系统，日常使用广泛，下面介绍几种常见的信息系统。

1. 管理信息系统

管理信息系统（MIS，management information system）是为实现企业整体管理目标，对企业管理信息进行系统综合处理，并辅助各级人员进行管理的信息系统。

管理信息系统是 20 世纪 70 年代兴起的管理科学与计算机科学相结合的产物，它是利用计算机技术对企业中的管理信息进行搜集、传递、存储、加工、维护和使用的系统，它是以数据库系统为基本支撑并以数据处理为主要特征的计算机数据处理系统。

2. 办公自动化系统

办公自动化（OA，office automation）系统产生于 20 世纪 70 年代，由于当时生产力水平迅速上升，办公室业务数据日益增多，手工方式已无法满足业务增长需要，在此种情况下办公室业务迫切需要引入先进的计算机技术、网络技术及电子技术组成一种以辅助办公室业务处理为目标的系统，此种系统以信息加工处理为主要特色，因此它是一种信息系统，称办公自动化系统。

办公自动化系统为提高办公效率、改善服务质量以及减轻办公人员的工作量提供了有力的保证。

3. 电子商务系统

电子商务（EC，electronic commerce）系统是一种商业活动与先进的电子技术相结合的系统，它主要用在通过计算机网络从事商务活动的行为上。

电子商务系统的商业活动包括商品买卖以及商品宣传、资料发放、业务洽淡、商品订购、合同签订、商品调配、售后服务等一系列与商品有关的活动。电子商务系统中的技术主要用于以商品为核心的信息加工与处理，因此它是一种信息系统。这种系统的特点是充分利用计算机网络，在网上进行信息传播与处理以达到商品买卖的目的。

4. 企业资源规划系统

企业资源规划（ERP，enterprise resource planning）系统是近期兴起的一种基于新的企业信息化管理思想的系统。

ERP 的管理理念如下。

① 企业的主要任务是生产产品，其目标是产品质量好，成本低及生产时间短。

② 产品是按供应链方式进行生产的，企业生产从原料开始加工成半成品再进一步加工成产品的过程是一种流的过程，而且驱动该"流"的是"供应"，这种"供应"包括物料供应、资金供应、信息供应及人力供应等，它们之间一环套一环构成一种"链接"的关系。

③ 在供应链中起主导作用的是三种流，即物流、资金流及信息流。

ERP 的管理理念是：生产产品是企业的主要目的，而产品的生产主要是合理规划物资、资金及信息三种资源。此种理念称为 ERP。

以 ERP 的理念为核心所构作的现代企业管理自动系统称 ERP 系统。由于 ERP 系统是以物流、资金以及信息流等信息流通与加工为主要工作，所以它是一种信息系统。

5. 客户关系管理系统

客户关系管理（CRM，customer relationship management）系统是一种以客户为中心的系统，它可为企业提供全方位的管理视角，赋予企业完善的客户交流能力，为客户提供优质服务。客户关系管理系统以建立企业与客户间的良好关系为目标，提供客户资料与市场信息，为客户提供维修、回访及购买服务，同时还建立客户关系分析系统，培育优质客户。

由于客户关系管理系统是以客户信息为核心所建立的信息流通及加工处理为内容的系统，所以它是一种信息系统。

1.4 信息系统的分析与设计介绍

信息系统是一种人造系统，因此需要有专业人员创造，其创造过程称为信息系统的开发。信息系统的开发是由需求开始的，所谓需求即人们对系统的目标、功能的综合要求，而最终实现的则是一个满足需求的自动系统，而由需求到自动系统的制作完成的过程不是一步就能到位的，需要经过多个步骤才能实现，它称为系统开发生命周期（SDLC，system development life cycle），这个周期一般由计划、分析、设计与实现四个有机步骤组成。每个步骤称为一个阶段，其每个阶段的主要目标与活动如下。

1. 计划阶段

该阶段是 SDLC 的最初阶段，其主要任务是确定系统需求目标并作出相应的规划，具体工作是：

① 定义需求范围；

② 定义需求目标；

③ 确定系统开发可行性；

④ 制定开发进度表；

⑤ 相关措施的落实（如经费、人员、场所）。

此阶段的最终结果是提交一份"项目计划说明书"。

2. 分析阶段

在此阶段中须详细定义系统需求，在此基础上构造系统分析模型。此模型是一种抽象模型，它给出系统需要做的内容。其具体工作如下。

（1）需求信息的获取

通过多种手段收集相关的需求资料并整理成文作为需求分析的基础。

（2）分析模型的建立

选择一种建模方法，在对需求资料进行分析的基础上，构作一个能全面反映需求的抽象模型。

（3）分析模型的评估及修改

对所建立的分析模型作出评估，在评估的基础上对模型作修改，如此反复可得到最终之需求分析模型，简称分析模型。

分析阶段的最终结果是提交一份"系统分析说明书"。

分析阶段是一个重要阶段，它将客观世界杂乱无章的无序要求通过去粗取精、去伪存真、由此及彼、由表及里的分析整理成一个有序的模型，为建立系统打下了可行的基础，亦即是说，分析阶段是一个由无序世界向有序世界过渡的阶段。

3. 设计阶段

在此阶段中以分析模型为基础，结合相关的技术环境与平台构作出系统设计模型，此类模型是系统实现的原型，它给出了系统如何做的方案，此模型与系统所采用的技术、环境与平台有关。其具体工作如下。

（1）分析模型的改造以适应环境与平台的需要

（2）系统全局模型的设计

在设计阶段，首先需要有一个全局的设计模型，以统一安排应用程序、数据库、人机界面、网络以及系统控制等功能。

（3）应用程序设计

应用程序主要用于信息的加工与处理，它需要作为一个部分单独设计，以建立信息加工的设计模型。

（4）数据库设计

数据库主要用于信息的存储与存取管理，它也需要作为一个部分单独设计，以建立信息存储、管理设计模型。

（5）人机界面设计

人机界面设计主要用于信息的输入、输出，它也需要作为一个部分单独设计，以建立信息输入、输出设计模型。

（6）系统控制设计

系统控制设计主要用于信息控制管理，包括信息的安全性、完整性、并发控制等功能，它也需要作为一个部分单独设计，以建立信息控制的设计模型。

（7）网络设计

网络设计主要用于信息传播，它一般不需要单独设计，可附属于其他模型中。在设计阶段网络设计仅给出其设计的结果。

设计阶段的最终结果是提交一份"系统设计说明书"。

设计阶段也是一个极其重要的阶段，它由分析阶段中的怎么做变成如何做，这也是由系统的提问阶段到求解阶段的转变，这是一个系统构作的转折阶段。

4. 实现阶段

在此阶段中以设计模型为基础，结合相关技术实现一个满足需求的信息系统。这是构作系统的最终阶段，在此阶段中的具体工作如下。

（1）软件编码

根据设计文档，选择相关编程工具，对设计模型编程并产生代码，其中间还需要作调试以形成正确代码。

（2）系统测试

在系统编码后须对整个代码进行测试以验证是否符合需求。系统测试包括白盒测试与黑盒测试两个部分。

（3）系统安装与数据加载

在完成测试后系统即可进入安装阶段，将整个软件安装于计算机内，接着，就是数据加载，将初始数据加载至系统中，此时，一个完整的信息系统即开发完成，接下来即可启动运行。

（4）编制文档与培训

为保证系统顺利运行，需对运行管理的相关人员进行培训，同时要编写文档。它们包括"系统操作手册"与"程序员手册"等。

实现阶段的最终结果是可运行的信息系统及一组相关文档。

信息系统开发的上述四个阶段中以分析与设计两个阶段最为重要，且技术含量亦为最高，因此本书中全面讨论信息系统开发，但重点则以分析与设计为主，同时以"信息系统分析与设计"为其命名。

图 1.3 给出了信息系统开发四个阶段的示意图。

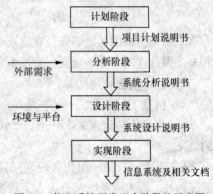

图 1.3　信息系统开发四个阶段的示意图

1.5　系统分析员

信息系统开发需要多种专业人员参与，他们包括系统分析员（system analyst）与程序员等，而信息系统的分析与设计则主要由系统分析员完成。在本章中主要介绍系统分析员的工作任务与职责。

系统分析员在信息系统开发中的主要工作任务如下。

1. 了解客户的需求

系统分析员必须从客户处详细了解需求，因为掌握需求是整个系统开发的基础。系统分析员可以通过多种手段与客户沟通并收集相关资料最终整理成文，为后面的系统分析与设计做充分的准备。

2. 建立分析模型

在了解客户需求的基础上，对需求作详细分析并将分析结果用一种抽象的方法建立出系统分析模型，这是系统分析员的主要工作之一。

3. 了解系统环境与平台

在建立分析模型后，系统分析员必须了解整个系统的环境与平台，为构作设计模型做准备。这些环境与平台包括网络结构、计算机系统配置、操作系统、数据库平台、中间件、接口软件、开发工具以及编程语言等。

4. 建立设计模型

在分析模型及环境平台的基础上，系统分析员统一规则与设计，使分析模型与环境平台相协调，从而构作一个既能满足抽象分析模型的需求又能适应环境与平台的设计模型，此类模型是一种可操作的模型，亦即一种可在指定环境与平台上实现的模型。

5. 书写文档

在建立分析与设计模型的同时，系统分析员还必须书写相应的文档，包括"系统分析说明书"与"系统设计说明书"等。

以上五点是系统分析员所必须要做的基本工作，也是系统分析员的主要职责。

本章小结

本章是全书的初始部分，在这章中主要介绍与全书密切相关的几个基本概念以及全书的整体构架，因此这一章非常重要，阅读本章后能对全书有一个完整的、全局的了解。

1. 基本概念

- 信息（一般意义）——是存在于客观世界中的确定事实，它具有一定的物理含义。
- 信息（特定意义）——在形式上是计算机内带有一定规则的符号串，而在内容上有明确的语义。
- 系统——是一组为实现共同目标而相互关联、相互作用的部件。系统分自然系统与人造系统两种，而人造系统又分为人工系统与自动系统。
- 信息系统——是一种专门类型的系统，主要用于对信息的采集与输入、输出、信息的处理、存储与传播以及对信息的管理，这种系统是一种人造系统中的自动系统。
- 信息系统分析与设计——是信息系统开发中的两个重要阶段，其中分析阶段主要构作需求分析模型，该模型给出了系统需要做的内容；而设计模型主要构作系统实现的原型，它给出了系统怎么做。
- 系统分析员——是负责信息系统开发中的系统分析与设计的人员，他负责建立分析模型与设计模型以及编写相应文档。

2. 信息系统开发的四个阶段

（1）计划阶段。

（2）分析阶段：

- 需求信息的获取
- 分析模型的建立
- 分析模型的评估与修改

（3）设计阶段：

- 分析模型的改造
- 全局模型设计
- 应用程序设计
- 数据库设计
- 人机界面设计
- 系统控制设计
- 网络设计

（4）实现阶段：

- 软件编码
- 系统测试
- 系统安装与数据加载
- 编制文档与培训

3. 信息系统应用实例

- 管理信息系统
- 办公自动化系统
- 电子商务系统
- 企业资源规划系统
- 客户关系管理系统

4. 本章重点内容

- 基本概念

习　题　1

1.1　请解释下列各词：

（1）信息　　（2）系统　　（3）信息系统　　（4）系统分析员

1.2　请你给出三个有关信息的例子（不要与书中例子重复）。

1.3　请你举出三个信息系统的例子并作出说明，解释为什么它们是信息系统（不要与书中实例重复）。

1.4　试区别自然系统与人造系统以及人工系统与自动系统并各举两例。

1.5　请说明信息系统分析的具体工作。

1.6　请说明信息系统设计的具体工作。

1.7　请给出信息系统开发的四个阶段，并说明哪两个阶段最为重要。

1.8　信息系统开发中需要哪些技术的支持？

1.9　在信息系统的开发过程一共需要编写哪些文档？

1.10　请你解释信息系统分析与设计和软件工程之间的关系（如尚未学过软件工程课程此题可不做）。

1.11　在学完本章后请你对信息系统总体作一个评述。

1.12　你认为信息系统分析与设计这门课重要吗？请你作个解释。

第2章
信息系统分析与设计中的软件工程基础

信息系统是一种软件，而信息系统开发是一种工程，因此信息系统的分析与设计和软件工程紧密相关。软件工程为信息系统的分析与设计提供了基础的支撑，而信息系统的整个开发过程（包括分析与设计）则是以软件工程中的思想与方法为指导进行的。本章主要介绍软件工程中的基本原理与方法，它为整个信息系统分析与设计提供指导。

2.1　软　　件

软件（software）是计算机科学与技术中的一大门类，它是建立在计算机硬件之上的一种运行实体以及相关的描述。一般认为，软件是由程序、数据以及文档三部分组成的，其中其主体部分为程序与数据，而文档则是对主体的描述，软件的构成如图 2.1 所示。

在软件的主体中，程序与数据是两个不可缺少的共生体，它们相互协调、相互配合共同构成一个软件实体，而其中数据（主要指其结构）是最稳定的部分，程序则是可变部分，因此数据称为软件中的不动点（fixed point）。

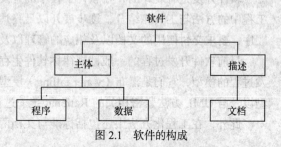

图 2.1　软件的构成

在软件发展中程序与数据间的不同关系构成了如图 2.2（a）、（b）所示的两种结构方式，它们是图 2.2（a）所示的以程序为中心的结构以及以图 2.2（b）所示的数据为中心的结构。

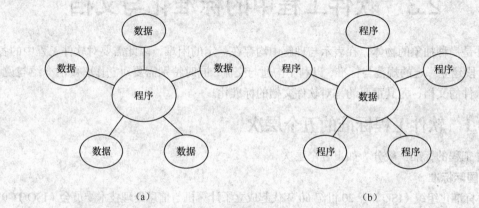

（a）　　　　　　　　　　　　　　　　（b）

图 2.2　软件的两种结构

在第一种结构中，软件以程序为中心，而数据则附属于程序，它们是程序的私有数据；而在第二种结构中软件以数据为中心，数据为多种应用（程序）提供统一、共享的平台，而应用（程序）则附属于数据（平台）。在信息系统中软件一般以数据为中心，具有第二种结构方式。

2.2 软件工程

软件工程（software engineering）是利用工程化方法开发软件的一种技术，所谓工程化方法即提供如何做软件的方法，也就是说，按照工程化方法去做必能产生合格、优质的软件产品，而如果不按此种方法做则不能保证生产出合格、优质的软件产品。在软件工程中，工程化方法包括软件开发方法、软件开发工具以及软件开发过程三个主要内容。

1. 软件开发方法

软件开发方法为软件开发提供"如何做"的技术。从软件工程发展至今，一共出现了三种开发方法，它们是结构化方法（structured method）、面向对象方法（object oriented method）以及 UML 方法（UML method），这三种方法目前都有应用，且各有其不同的优缺点及不同的适应面，其内容将在 2.4 节中介绍。

2. 软件开发工具

工具利用是软件工程的一大特点，在软件工程中有若干种工具，它们提供了自动或半自动的软件支撑环境，将它们集成在一起可以建立起一种称之为计算机辅助软件工程（CASE, computed aided software engineering）的工具。CASE 将各种软件工具，包括软件分析与设计工具、开发工具和一个存放开发过程信息的工程数据库组合在一起，形成一个软件工程的开发环境和平台，其内容将在 2.5 节中介绍。

3. 软件开发过程

软件开发是有规律的，在软件工程中的开发过程是按步骤逐步进行的，一般的过程是将软件工程中的方法与工具相结合，逐步展开以最终达到开发的目标。在开发过程中定义了方法使用的顺序，要求交付使用的文档以及相应的管理以及开发各阶段中完成的里程碑（mile stone）。

目前软件开发过程的一般性规律称软件生存周期（life cycle），以及建立在其基础上的四种开发过程的模型，它们是瀑布（water falling）模型、快速、原型（fast prototype）、螺旋（spiral）模型以及与 UML 方法紧密相关的 Rational 统一过程，其内容将在 2.6 节中介绍。

此外，在工程化方法中还包括标准与文档两部分，其详细内容将在 2.3 节中介绍。

2.3 软件工程中的标准化与文档

软件是一种抽象的物体，在表示与理解中均存在一定的困难，因此需要对软件工程中的各领域、各阶段建立一定的规范与标准，以利于沟通与交流，同时特别需要对它作必要的介绍与说明，这就是软件的文档，尤其重要的是对软件文档的标准化。

2.3.1 软件工程标准的五个层次

软件工程的标准一般分为如下五个层次。

1. 国际标准

国际标准化组织（ISO）于 20 世纪 60 年代起成立了计算机与信息处理技术委员会（ISO/TC97），专门负责制定与计算机有关的标准，此标准通常冠以 ISO 字样。

2. 国家标准

由我国标准化局、技术监督局负责我国的国家标准的制定与发布，此标准一般冠以 GB 字样，此外如美国国家标准冠以 ANSI，英国国家标准冠以 BS 等。

3. 行业标准

由行业机构、学术团体或专业部门制定的某些业务领域的标准。如 IEEE 为美国电气与电子工程师商会标准，DOD 为美国国防部标准，而我国的行业标准一般冠以 GA 字样。

4. 企业标准

由一些大企业及公司所制定的为企业内部需要而颁布的标准，如美国 IBM 公司所制定的标准，日本富士通公司所制定的标准等。

5. 项目标准

为某些重大项目所制定的标准，如我国的 CIMS 标准。

2.3.2　软件工程标准

目前，国际标准化组织及我国均制定了很多个软件工程方面的标准，我国制定的标准有基础标准、开发标准、文档标准及管理标准等 20 余个之多。

此外，各行业、企业及项目等也制定了很多个相应的标准，这些标准在我国软件工程的实施中发挥了重大的作用。

2.3.3　软件工程中的文档

在软件工程中由于软件表示的抽象性，所以必须要有文档加以说明，同时，文档的编写也必须符合规范的标准。目前，软件工程的标准文档至少有下列 13 项内容：

- 可行性研究报告
- 项目开发计划
- 软件需求分析说明书
- 数据要求说明书
- 概要设计说明书
- 详细设计说明书
- 软件测试计划
- 测试分析报告
- 用户手册
- 操作手册
- 程序维护手册
- 开发进度月报
- 项目开发总结

2.4　软件开发的方法

软件开发可以有多种方法，不同的方法有不同的开发过程与开发工具，因此开发方法是整个软件开发的核心。目前常用的开发方法有结构化开发方法、面向对象开发方法以及近期出现的以

UML 为工具的开发方法等，它们各有长短，并适合于不同的对象与不同的目标，而近期以 UML 为工具的开发方法较为流行。

从发展的历史看，首先出现的是结构化开发方法，它来源于 20 世纪 60 年代的结构化程序设计，而于 20 世纪 70 年代形成了结构化的开发方法，这种方法将原来软件开发的无序现象改变成按模块结构组织而成的软件系统，这种方法流行于 20 世纪 70 年代至 20 世纪 90 年代初。此后出现的是面向对象开发方法，由于此方法能较为真实地反映客观世界需求，所以流行于 20 世纪 90 年代，在其后的过程中将此种方法作不断的改造，形成了一种以规范化的、统一表示的且具可视化形式的语言（称 UML 语言）为工具的开发方法，简称 UML 开发方法，这种方法是目前最为流行的方法。下面简单介绍这三种开发方法。

1. 结构化开发方法

结构化开发方法起源于 20 世纪 60 年代的结构化程序设计，其目的是提供一组约定的规程去提高程序的质量，将此种方法应用于软件的开发即是有组织、有规律的安排与规范软件的结构，使整个软件建立在一个可控制与理解的基础上，具体说来即是首先构作若干个功能模块，然后再将它们组织成一个软件系统，这是一种由小到大与由简到繁的过程，它将一个大型、复杂的软件简化为小型、简单的模块，然后再通过模块的构作组织成一个软件系统。这是一种由顶向下（top-down）的软件构造方法，从软件工程中的分析与设计角度看，结构化开发方法分为结构化分析方法与结构化设计方法两种，其中结构化分析方法主要包括处理需求（或称业务需求）及数据需求，它可以用数据流图及数据字典表示。在结构化设计方法中采用模块方式，并通过层次结构方式将模块组织成系统，同时通过概念设计、逻辑设计等详细设计对数据作设计，构成以关系表为核心的数据设计方案。

结构化设计方法具有很好的优点，它将一个软件按一定的规划构造成一个逻辑实体，使之便于分析、设计、实现与测试，但是它也存在一些不足，其中最主要的是结构化分析方法反映客观世界需求的能力较差，同时在分析与设计中采用了不同的表示法，其中间转换能力较差。

2. 面向对象开发方法

面向对象开发方法是 20 世纪 80 年代兴起的一种方法，它起源于 70 年代的面向对象程序设计。这种方法是一种能较好反映客观世界实际并且能通过有效步骤用计算机加以实现的方法，其主要的思想有以下几点。

① 从客观世界存在的事物出发构作系统，用"对象"（object）作为这些事物的抽象表示，并作为系统的基本结构单位。

② 对象有两种特性，一种是静态特性——属性，另一种是动态特性——行为（或称方法或操作）。

③ 对象的两种特性一起构成一个独立实体（并赋予特定标识），对外屏蔽其内部细节，称为封装。

④ 对象的分类方法为，将具有相同属性与方法的对象归并成类。类是这些对象统一的抽象描述，类中的对象称实例。

⑤ 类与类之间存在着关系，其中最紧密的关系是继承关系，所谓继承关系即是一般与特殊的关系。

⑥ 类与类之间还存在着另一种关系，称为组成关系，所谓组成关系即是全体与部分的关系。

⑦ 类与类之间还存在着一种松散的通信关系，这种关系称为消息。

⑧ 以类为单位，通过"一般特殊结构"、"整体部分结构"（以及"消息"连接）可以构成一个基于面向对象的网络结构图，此种图称为类层次结构图。

面向对象开发方法即是以客观世界为注视点并应用上述八种手段，最终构成一种类层次结构图。这种图是反映客观世界的面向对象抽象模型，称为面向对象模型。

3. UML 开发方法

UML（统一建模语言）开发方法是在面向对象开发方法基础上发展而成的，面向对象开发方法也存在一些不足，主要是：

① 面向对象开发方法中需求分析手段略有不足；

② 面向对象开发方法中对消息活动规划的表示不充分；

③ 面向对象开发方法中缺少统一的表示方法；

④ 面向对象开发方法中缺少 CASE 工具的支撑。

基于以上的不足，在 20 世纪 90 年代末，经多个面向对象开发方法的专家的不懈努力，终于设计并建立了一种用于分析、设计的语言，称为统一建模语言（UML），用该语言可以进行系统分析、设计与开发。

UML 提供了在概念上与表示上统一的、标准的方法，它统一了内部接口与外部交流，它可以最大限度表示面向对象中的静态特征与动态行为，它既能表示系统的抽象逻辑特征，又能表示需求功能特征与物理结构特征。UML 还有一个重要优点，即由于它的统一与标准性，可以开发多种 UML 工具，为使用 UML 提供方便，目前已有多种工具可供使用。

UML 开发方法是目前开发效果最好的一种方法，它特别适合于大型、复杂系统的开发，其优点如下。

① 表示统一，使用简单。

② 能适用于软件系统开发中的需求分析、设计及实现等所有阶段。

③ 它统一了内部的表示，使软件开发过程中的各阶段做到无缝接口；它统一了外部表示，便于与外界交流。

④ 可以提供统一工具进行分析、设计与开发，使用方便并提高了开发效率。

2.5　软件开发工具

软件工程中的一个重要内容是工具的利用，在软件开发的各阶段都可以利用工具。目前常用的是编码阶段中的开发工具，这就是我们所熟知的编程语言或称程序设计语言，而在本书中我们强调的是分析与设计中的工具，这种工具目前使用尚未普及，上面所介绍的 UML 中的 Rational Rose 即是此类工具，此外如 ERWin 及 Visual Analyst 等也均是此类工具。

以上介绍的工具我们统称为 CASE（computer aided software engineering）工具，CASE 的使用可以加快系统开发进度，提高系统开发质量，特别是分析与设计的工具其作用更为巨大。

CASE 工具一般分为两层，其中高层 CASE 工具（upper CASE）为软件系统分析与设计提供支持，而低层 CASE 工具（lower CASE）则主要为编码服务。CASE 在其发展过程中逐渐从一个单一的软件工具过渡成为一个集成化的开发环境，它包括高层的 CASE 与低层的 CASE 以及一个信息库，该信息库实际是支撑工具开发的数据环境，它包括各种元素、模型、图表以及描述等。图 2.3 给出了 CASE 工具集的示意图，在该图中 CASE 信息库是整个工具集的数据与支撑中心，而 CASE 工具则包括低层的编程工具（含测试工具）以及高层的分析、设计、版本控制、逆向工程等工具，此外还包括数据库生成工具等。

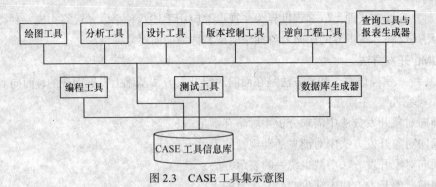

图 2.3　CASE 工具集示意图

在软件工程中目前已大量利用工具以支撑系统的分析与设计，这些工具大致按方法分类，应用最多的是 UML 开发方法，目前较为知名的 UML 开发工具有 Rational Rose、Argo UML、Togather J 以及 System Architect 等。此外其余两种方法也有很多工具，如 Visible System 公司的 Visual Analyst，该工具能协助系统分析员构作结构化分析模型——DFD 图；还有数据库设计工具 ERWin，它能将数据库分析模型 ER 图转换成数据关系表，极大的方便了数据库的设计与开发。

2.6　软件开发过程

软件工程中的软件开发过程称为软件生命周期，它分为六个阶段，即计划制订、需求分析、设计、编码、测试及运行与维护，下面对其作简单介绍。

1. 计划制订（planning）

软件的开发首先要确定一个明确的目标与边界，给出它的功能、性能、接口等要求，同时要对系统可行性进行论证，并将制订的开发进度、人员安排、经费筹措等实施计划报上级管理部门审批。

这个阶段是软件开发的初期阶段，其主要工作由开发主管单位负责，参加人员有管理人员与技术人员，而以管理人员为主。

2. 需求分析（requirement analysis）

此阶段对上阶段中所提出的要求进行详细的分析并作出明确的定义，通过相关的方法构作分析模型，最后编写出软件需求说明书，提供上级领导部门评审。此阶段工作由软件开发人员（系统分析员）负责完成。

3. 软件设计（software design）

软件设计阶段的任务是将需求分析过程中所确定的内容转换成软件的结构模型与相关模型的描述，为系统编码提供基础，最后，编写出软件设计说明书。此阶段工作由软件开发人员（系统分析员）负责完成。

4. 编码（codding）

将软件设计转换成计算机所能接受的程序代码，它一般用特定程序设计语言编写。此项工作一般由程序员负责完成。其最终提交形式是源代码清单，在清单中还应包括相应的注解。

5. 测试（testing）

测试是为了保证所编代码的正确性，测试包括单元测试、组装测试以及最终的确认测试。测试时需要编制测试用例，通过测试用例以检查软件的正确性，它包括通过单元测试以检查程序模块的正确性，通过组装测试以检查与设计方案的一致性，通过确认测试以检查与需求分析方案的一致性。测试一般由测试人员负责完成。

6. 运行与维护（running and maintenance）

在通过测试后软件系统即能进行正常运行，在运行过程中可能会进行不断的修改，这些修改包括软件中错误的订正，包括因环境改变所须进行的调整，它也包括某些功能性的增添与删改。

上面所述软件生命周期的六个阶段在不同环境与不同领域中可以允许有少量的调整，但是其总体思路是不变的。在本书中主要以软件系统分析与设计为讨论中心，因此可以将生命周期中的六个阶段压缩成四个阶段，它们是计划阶段（它相当于此中的制订计划阶段）、分析阶段（它相当于此中的需求分析阶段）、设计阶段（它相当于此中的软件设计阶段）以及实现阶段（它相当于此中的编码、测试及运行与维护三个阶段），有关软件系统分析与设计的四个阶段的内容已在第 1 章中介绍，此处就不再叙述。图 2.4 给出了软件工程中生存周期六个阶段和信息系统分析与设计中的四个阶段间的关系。

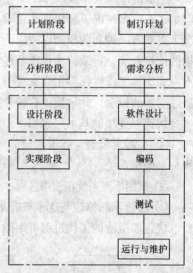

图 2.4　两种生命周期阶段的关系示意图

2.7　软件生存周期的模型

软件生存周期给出了软件开发过程的全部阶段，但是这个阶段如何组织、衔接与构作尚有若干种方式，它们称为软件生存周期的模型。到现在为止，常用的模型有四种，它们是：

- 瀑布模型（water falling model）
- 快速原型模型（fast prototype model）
- 螺旋模型（spiral model）
- Rational 统一过程（RUP，Rational unified process）

开发者可以根据不同环境、不同需求与不同开发方法选择不同模型进行开发，但不管采用何种方法其生存周期中的六个阶段是不会改变的。同时，对不同的模型一般也会有不同的开发工具。

下面我们对这四种模型作如下简单介绍。

1. 瀑布模型

瀑布模型是目前最常用的一种模型，也是最早流行的一种模型，该模型的构造特点是各阶段按顺序自上而下呈线性图式，它们互相衔接，逐级下落，像瀑布流水，因此称瀑布模型。

瀑布模型反映了正常情况下软件开发过程的规律，即由制订计划开始顺序经需求分析、软件设计、编码、测试最后至运行与维护而结束。其中每个阶段均以前一个阶段作为前提，它们严格按从上到下的顺序进行，其次序不允许逆转，这是瀑布模型的最大的特点。图 2.5 给出了瀑布模型的示意图。

瀑布模型适合于需求较为固定的领域，在开发过程中及运行后需求不会作重大改变。这种领域包括操作系统、编译系统等系统软件领域以及工业控制系统、交通管理系统和成熟的企业管理系统等应用软件领域。

2. 快速原型模型

上面的瀑布模型反映了正常情况下软件开发过程的规律，即需求为固定环境下的开发规律。但是，在很多情况下会出现非正常现象，其主要表现为需求模糊或需求经常发生变化，在此种情况下需要有一种新的模型以适应此种环境，此种环境表现如行政机关的管理信息系统、新设立机构的信息系统，行政机关由于职能转变、机构调整等因素会影响需要的改变，而新设立的机构其本身职能与工作性质界定尚未完善，因此也会影响需求，使需求模型极不稳定，针对这种情况需要建立新的模型，此种模型称快速原型或称快速原型法。

快速原型法的基本思想如下。

① 在需求模型与需求变化的环境中，首先选取其中相对稳定与不变的部分（称基本需求）构作一个原型系统。

② 试用原型系统在使用过程中不断积累经验，探索进一步的需求，并进行不断的修改与扩充。

③ 经过不断修改与逐步扩充最终可以形成一个实用的软件系统。

快速原型法的工作过程可用图 2.6 表示。

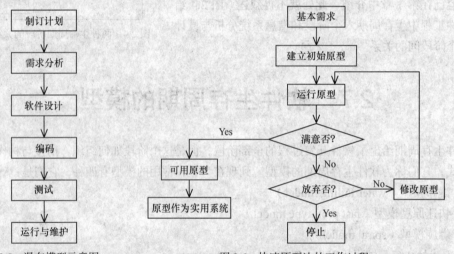

图 2.5　瀑布模型示意图　　　　　图 2.6　快速原型法的工作过程

在快速原型法的开发过程中，"建立初始原型"及"修改原型"均需按生存周期中的六个阶段规范操作。在这个过程中由于每个原型均较简单且可以用工具协助，所以具有快速的特点，故而整个方法称快速原型法。

快速原型法的基本特征是原型与迭代，其中原型是该方法的基本开发单位，而自原型至实用系统的完成是通过迭代实现的。

快速原型模型目前是一种常用的模型。

3. 螺旋模型

螺旋模型是另一种非正常现象的模型，它是一种瀑布模型与快速原型相结合的模型，其开发的语义背景为系统，它需求明确但有风险性因素在内，因此它有需求上的明确性与风险上的不明确（即模糊性），故而其模型是将需求明确的瀑布模型与不明确的快速原型相结合产生的，它适合于大型的、复杂的、有一定风险的软件开发过程。

在螺旋模型中沿着螺旋的四个象限分别表示四个方面的活动，它们是：

① 制订计划——确定软件的边界与目标，选定实施方案，明确开发的限制条件；

② 风险分析——分析所选方案的风险性以及消除风险的方法；

③ 工程实施——进行软件开发（包括需求分析、软件设计、编码、测试、运行等阶段）；

④ 评估——评价开发工作，提出改进意见与建议。

在开始时首先选定一个风险较小的方案，在通过风险分析后可进入生命周期作开发，在完成开发后对软件作评估，并给出修改建议作为进一步的计划参考，此时模型进入第二个螺旋，在重新制订计划基础上，再作风险分析，如通过的话则形成第二个原型，如无法通过则表示风险过大，此时开发就会停止。如此循环进行构成一个自内至外的螺旋曲线，直至形成一个实用的原型为止。

图2.7给出了螺旋模型的工作过程示意图。

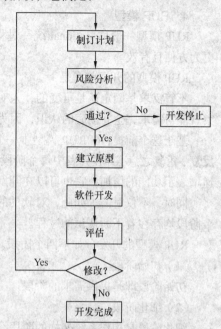

图2.7 螺旋模型工作过程示意图

为形象化表示起见，也可将图2.7用一个螺旋形曲线图表示，图中有四个象限，分别为制订计划、风险分析、软件开发与评估四个部分，其开发过程按螺旋曲线顺时针进行直至曲线结束为止。图2.8给出了螺旋模型的螺旋曲线示意图。

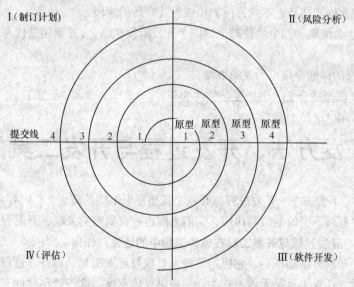

图2.8 螺旋模型的螺旋曲线示意图

在软件开发中一般都存在风险性，特别是对大型、复杂系统，由于投资大、周期长，所以风险性特别高，而螺旋模型为高风险软件开发提供了一个合适的模型。

螺旋模型的基本特征也是原型与迭代，从这点讲它与快速原型相同。不同的是，它的原型是风险少原型，其迭代过程也是按风险程度作迭代；而在快速原型中，原型按需求的稳定性设置，其迭代过程则是按需求稳定程度而作，这是两者的主要区别所在。

螺旋模型目前也是一种比较常用的开发过程模型。

4. RUP 模型

RUP 模型一般称 Rational 统一过程，它与 UML 开发方法同生共长，两者有机结合可使开发更为方便且有效。

RUP 模型的开发前提是：

不管需求是固定还是可变的，人对客观需求的认识是一个渐进的过程，不可能仅通过一次观察就能对需求完全并彻底的认识，因为人毕竟是人，人不是神。

基于这个前提，在 RUP 模型中一个软件的完成是不断使用迭代与递增的过程。所谓迭代即是反复、重复之意，即在开发中每个阶段或多个阶段都可以不断反复进行，对构作的模型进行修改。递增表示功能的增加，它也可以在开发的整个过程中不断的作功能的扩充与增添。

同时，不仅对需求如此，对软件的分析、设计与开发实现也是如此，即对整个开发过程的每个阶段均存在着不断认识的过程。

RUP 模型的开发分如下四个阶段。

（1）初始阶段

初始阶段即是提供需求的阶段。

（2）细化阶段

细化阶段是构作系统架构的阶段。

（3）构造阶段

构造阶段是初始软件产品的阶段。

（4）过渡阶段

过渡阶段是将软件产品经过不断修改而形成正式产品的阶段。

在 RUP 中将生命周期的四个阶段与上述四个开发阶段相结合，并利用迭代与递增可以构成完整的 RUP 开发模型。

有关 RUP 模型的详细介绍可参见第 6 章。

一般讲，RUP 模型适合于大型、复杂软件的开发。

2.8 开发方法、开发过程与开发工具的关系

在软件工程中，开发方法、开发过程与开发工具是三个不同的概念，它们有自己不同的内容，它们在软件工程中有着不同的地位与作用，它们之间也有着紧密的关联，下面对此作简单介绍。

1. 开发方法、开发过程与开发工具在软件工程中的地位与作用

在软件工程中开发方法是核心，它决定了开发过程与开发工具，而开发过程则是软件工程中的主要内容，最后，开发工具是手段，它为开发提供具体支撑，这三者在软件工程中既有分工又共同协作，联合完成软件的开发。

2. 开发方法、开发过程与开发工具间的关系

在软件开发中首先需要确定开发方法，因为开发方法的选择是开发理念与开发结构的宏观选择。在明确开发方法后，接下来的是确定开发过程的模型。一般讲这种模型与方法有关，如面向对象方法一般选用瀑布模型，UML 方法选用 RUP 模型，而结构化方法可选用的模型较多，它可选用瀑布模型、快速原型与螺旋模型，而开发工具一般与开发方法、开发过程模型均有关联。首

先，不同开发方法有不同的开发工具，支撑结构化方法、面向对象方法与 UML 方法的开发工具是不同的。同时，对相同方法中所用的不同模型也会有不同的工具，如结构化方法中的瀑布模型、快速原型及螺旋模型往往也会有不同的工具支撑。

基于以上两点，我们可以看出，软件工程中的这三个部分是既独立而又有关联，它们共同合作构成了软件工程的完整概念。

本章小结

本章主要介绍软件工程的基本原理，它为信息系统分析与设计提供理论指导与基础支撑。

1. 软件

（1）软件的组成：

软件由程序与数据组成并由文档描述。

（2）软件的两种结构方法：

- 第一种——程序为中心，而数据附属于程序；
- 第二种——数据为中心，而程序附属于数据。

2. 软件工程

（1）软件工程概念：

利用工程化方法开发软件的一种技术。

（2）软件工程内容：

- 软件开发方法
- 软件开发过程
- 软件开发工具

（3）软件工程的标准化与文档。

3. 软件开发方法

常用的三种软件开发方法：

- 结构化方法
- 面向对象方法
- UML 开发方法

4. 软件开发过程

（1）软件开发的生存周期法。

（2）基于生存周期的四种模型：

- 瀑布模型——以需求固定为特征；
- 快速原型模型——以需求可变为特征；
- 螺旋模型——加入风险因素；
- RUP 模型——以整个开发过程中人的认识是逐步推进为特征。

5. 软件开发工具

（1）软件开发工具 CASE。

（2）CASE 的结构：

- 信息库

- 高层 CASE
- 低层 CASE

6. 软件工程中开发方法、开发过程及开发工具间的关系

（1）三者间的不同：

- 软件开发方法是核心，软件开发过程是内容，软件开发工具是支撑。

（2）三者间的关联：

- 开发方法决定开发过程与模型；
- 开发方法与开发过程模型决定开发工具。

7. 本章重点内容

- 软件工程的三种开发方法
- 软件工程的四种开发过程模型

习 题 2

2.1 试给出软件的组成并说明软件中数据、程序与文档间的关系。

2.2 试给出软件的两种结构方式并说明目前信息系统中常用的结构方式。

2.3 什么叫软件工程？它由哪几部分内容组成？试说明之。

2.4 试说明结构化方法的特性。

2.5 试说明面向对象方法的特性。

2.6 试说明 UML 方法的特性。

2.7 试介绍生命周期法中的五个阶段。

2.8 试介绍瀑布模型的内容与特征。

2.9 试介绍快速原型模型的内容与特征。

2.10 试介绍螺旋模型的内容与特征。

2.11 试介绍 RUP 模型的内容与特征。

2.12 试说明软件开发方法、开发过程以及开发工具间的关系。

2.13 试说明软件工程对信息系统分析与设计有哪些指导意义。给出若干个具体的例子以说明之。

第3章
信息系统的结构化分析与设计方法

在本章中主要介绍目前使用广泛的结构化方法，它包括总体规划、结构化分析方法、结构化设计方法以及系统实现四部分，其中重点介绍结构化分析方法与结构化设计方法。

3.1　结构化方法

结构化方法是一种软件开发方法，它是最早引入软件开发中的一种方法，在此以前软件开发呈无序、无组织结构状态，这对于小型、微型软件开发而言尚无问题，但对于中大型软件开发而言就会出现混乱，并且在20世纪60年代出现了所谓的"软件危机"，这种现象的出现引发了我们对软件开发的"方法学"研究，而首先出现的方法即是结构化方法。该方法出现于20世纪70年代初，其主要思想与内容如下。

① 软件是一个有组织、有结构的逻辑实体，软件开发的首要任务是构作其结构，而这种结构是自顶向下的形式。

② 整个软件由程序与数据组成，软件结构呈三层组织形式，它们是系统、子系统以及功能模块/数据体，软件的结构图如图3.1所示。

③ 软件结构中的各部分既具独立性又相互关联，它们构成了一个目标明确的软件实体。

软件开发的结构化方法为软件进入工程性开发提供了方法论基础，它具有明显的技术特性，主要内容如下。

① 抽象性：在结构化方法中大量地采用了抽象的手段，所谓抽象即是在软件开发的每一阶段中仅描述其本质

图3.1　软件结构图

的内容而抛弃其细节部分，通过结构化分析、结构化设计及结构化程序设计等多个阶段的抽象，将客观世界的需求逐步逼近到计算机世界。

② 面向过程：在信息系统的整体构造中有过程与数据两个部分，它们相互独立又相互关联，而在结构化方法中是以过程作为关注焦点，而并不以数据作为关注焦点考虑的。此种方式称过程驱动（process-driver）式或称面向过程式，在此方式中我们在整个开发中以过程作为我们的关注点，而数据在此中仅作为过程中的附属品。

但是近年来由于数据的重要性及数据的特殊性，结构化方法中的此种特性已有所改变。

③ 结构化、模块化与层次性：结构化方法的基本特征是分而治之、由分到合的过程。首先在问题求解时将复杂问题分解成为若干个小型的易解的部分的问题，每个问题相对独立。然后，再

将这些部分的问题通过一定构造方式再组装、综合成复杂问题的解。在结构化方法中一些小型的部分的问题的求解过程用模块表示，而模块间用层次结构方式将其组装成复杂问题的解。

在结构化方法中我们将讨论其总体规划、结构化分析、结构化设计以及其实现的整个过程的内容，而重点则放在结构化分析与结构化设计这两部分内容上。

3.2 总体规划

总体规划是计划阶段中的一个部分，主要是为所规划的软件系统作出一个战略的宏观的全局的技术方案，目的是为避免开发工作中的盲目性与片面性，增加计划性，保证系统各部分能协调一致工作。具体要求为构作一个宏观结构模型，为后期的分析与设计奠定基础。

总体规划包括下面的内容：

- 需求调查
- 结构模型的建立
- 总体规划文档编写

下面我们逐步介绍这些内容。

3.2.1 需求调查

建立软件系统需要有一个规划，该规划包括行政与技术两部分，在本书中我们重点介绍其技术部分。规划的首要工作是作需求调查，调查内容大致如下。

1. 系统目标与边界

首先需要了解整个软件系统所要求实现的宏观目标，包括业务范围、功能大小、外部环境以及接口等内容，最终须确定整个系统的目标以及系统边界，为系统实现给出一个核心框架。

2. 组织机构调查

其次需要调查系统所管理机构的设置情况、领导关系、人员编制配备以及职能分工与它们相互间的关系。

3. 业务流程调查

调查系统的业务流程，全面了解各流程间的关系，特别是对物资、资金、人员及信息等流程以及它们间的关系作调查。此外，还要了解各种信息的输入、输出、处理以及处理速度、处理量等内容。

4. 单据、报表及台账等数据源调查

调查单据、报表及台账等信息载体，包括它们的基本结构、数据量及其处理方式、处理手段，此外还要调查这些数据源间的关系。

5. 资源调查

调查系统中的物资、设备、建筑情况，调查资金流入及资金分配、使用情况，调查人力资源情况，包括对它们的静态描述与动态处理的了解。

6. 约束条件调查

调查系统中各种业务自身的限制以及相互间的约束和时间、地点、范围、速度、精度、安全性等约束要求。

7. 薄弱环节调查

调查系统薄弱环节，并注意在软件开发中予以足够关注，使计算机系统能给予解决。

3.2.3　数据规划——主题数据库的建立

在业务过程规划完成后可作数据规划，所谓数据规划即是构作系统中的主题数据库。一般的构作方法有下面几种。

1．实体法

根据业务过程规划中所出现的事物、人等实体组成数据实体，如一个普通企业所出现的实体有客户、供应商、职工、零件、产品、材料、设备、半成品、现金、账户等，然后再对实体作分析，归并组成主题数据库。

2．过程分析法

根据业务过程规划的业务活动流程中所出现的输入、输出、存储、记录、打印等数据体所构成的数据记录经归并整理可组成主题数据库。

3．分类法

一般的数据可分为若干类，根据业务过程规划，按类选取数据这种方法，可为组织数据提供必要的提示。目前常用的数据类有：

- 存档类数据——此类数据用于记录系统资源；
- 事务类数据——此类数据用于记录系统数据活动；
- 计划类数据——此项数据用于数据资源的活动规划；
- 统计类数据——此项数据用于记录综合、统计的数据。

对系统按分类获取数据记录，然后再作归并，整理后可组成主题数据库。

一般我们可以混合使用这三种方法以取得系统的主题数据库。每个主题数据库均可有一个主题数据库说明，它给出主题数据库的必要提示。

表 3.2 给出了主题数据库的表示。

表 3.2　　　　　　　　　　　　　主题数据库的表示

编　　号	主题数据库名	主题数据库说明

根据上面的企业业务过程规划按三种方法混合选取，可获得主题数据库为表 3.3 所示内容。

表 3.3　　　　　　　　　　　　　企业主题数据库表

编　　号	主题数据库名	主题数据库说明
1	客户	略
2	订货	略
3	产品	略
4	操作顺序	略
5	材料表	略
6	成本	略
7	零件规格	略
8	材料库存	略
9	成品库库存	略
10	职工	略

编　号	主题数据库名	主题数据库说明
11	销售区域	略
12	财务	略
13	计划	略
14	机器负荷	略
15	材料供应	略
16	工作令	略

3.2.4　过程与数据间的关系建立——U/C 矩阵

在面向过程的结构化方法中过程与数据间有紧密的关系，此种关系是以过程为中心的，每个业务过程都需使用数据（包括查询、录入以及删除等），同时每个主题数据库均由一个过程所创立。这样，过程与数据间就存在使用（use）与建立（create）的关系，它们可简称为 U 关系与 C 关系。以过程为横向，而以数据（即主题数据库）为纵向可以构成一个二维空间体，它们之间存在着 U 或 C 关系，将 U/C 填入二维空间中即形成了一个二维矩阵，该矩阵可称为 U/C 矩阵，在此矩阵中过程按职能域顺序排列，而主题数据库则无需按规则排列。

图 3.3 给出了 U/C 矩阵的一般框架形式。

主题数据库 业务过程	主题数据库 1	主题数据库 2	主题数据库 3	…	主题数据库 m
业务过程 1	C		U		
业务过程 2			C		
业务过程 3	U	U			C
⋮					
业务过程 n		C	U		U

图 3.3　U/C 矩阵一般框架形式

U/C 矩阵以简洁的形式给出了过程与数据的关系，它的建立是总体规划的一个关键步骤，同时它也将为所建立的系统奠定基础。

图 3.4 给出了上面所举例中关于一个企业的过程与数据间的 U/C 矩阵表示。

3.2.5　子系统规划

一个系统往往比较复杂，必须将它分解成若干个子系统，子系统是在系统内一个相对独立的组织且内部关系紧密。

在建立了 U/C 矩阵后，我们可以清楚地了解过程与数据间的关系，以此为契机可以构作子系统。所谓子系统即是系统中的部分过程与数据的组合，它们之间内在关系紧密，即过程与数据间有创建关系与频繁的使用关系。在构作子系统时可以对 U/C 矩阵做操作，其方法是对纵向的主题数据库的位置作调整，使其与所对应的横向过程具有 U 标记之处在矩阵的对角线附近。这种操作过程称对角线操作，经过此种操作后，所形成的 U/C 矩阵称基本 U/C 矩阵。图 3.5 给出了图 3.4 所示 U/C 矩阵对角线操作后所形成的基本 U/C 矩阵，在这个 U/C 矩阵中可以明显看出在对角线处密集地出现了 U/C 标记，此时可按聚集程度沿对角线切取矩形，从而得到若干个对角线矩形，它们中的每一个可构成一个子系统，在图 3.5 所示的 U/C 矩阵中经过矩形切取后可形成如图 3.6 所示的子系统划分图。

业务过程 \ 主题数据库	客户	订货	产品	操作顺序	材料表	成本	零件规格	材料库存	成品库存	职工	销售区域	财务	计划	机器负荷	材料供应	工作令
经营计划 经营计划						U						U	C			
经营计划 财务计划						U					U	U	C			
经营计划 资产规模												C				
技术 产品预测	U		U									U		U		
技术 产品设计开发	U		C		U		C									
技术 产品工艺			U		C		C	U								
生产 库存控制								C	C						U	U
生产 调度			U											U		C
生产 生产能力计划				U										C	U	
生产 材料需求			U												C	
生产 操作顺序			C											U	U	U
销售 销售区域管理	C	U	U													
销售 销售	U	U	U								C					
销售 订货服务	U	C	U													
销售 发运		U	U						U							
财务 通用会计	U		U									U				
财务 成本会计		U				C										
人事 人事计划										C						
人事 人员考核										U						

图 3.4　企业 U/C 矩阵

业务过程 \ 主题数据库	计划	财务	产品	零件规格	材料表	材料库存	成品库存	工作令	机器负荷	材料供应	操作顺序	客户	销售区域	订货	成本	职工
经营计划 经营计划	C	U												U		
经营计划 财务计划	C	U												U	U	
经营计划 资产规模		C														
技术 产品预测	U		U									U	U			
技术 产品设计开发			C	C	U							U				
技术 产品工艺			U	C	C	U										
生产 库存控制						C	C	U		U						
生产 调度			U					C	U							
生产 生产能力计划									C	U	U					
生产 材料需求			U		U					C						
生产 操作顺序								U	U	U	C					
销售 销售区域管理			U									C		U		
销售 销售			U									U	C	U		
销售 订货服务			U									U		C		
销售 发运			U				U						U			
财务 通用会计			U									U			U	
财务 成本会计			U												C	
人事 人事计划																C
人事 人员考核																U

图 3.5　一个企业的基本 U/C 矩阵

业务过程	主题数据库	计划	财务	产品	零件规格	材料表	材料库存	成品库存	工作令	机器负荷	材料供应	操作顺序	客户	销售区域	订货	成本	职工
经营计划	经营计划	C	U													U	
	财务计划	C	U													U	U
	资产规模		C														
技术	产品预测	U		U									U	U			
	产品设计开发			C	C	U							U				
	产品工艺			U	C	C	U										
生产	库存控制						C	C	U		U						
	调度			U					C	U							
	生产能力计划									C	U	U					
	材料需求			U		U					C						
	操作顺序								U	U	U	C					
销售	销售区域管理			U									C		U		
	销售			U									U	C	U		
	订货服务			U									U		C		
	发运			U				U							U		
财务	通用会计			U									U				U
	成本会计														U	C	
人事	人事计划																C
	人员考核																U

图 3.6　企业的子系统划分图

　　此后的工作即是给每个子系统命名以及确定子系统的过程与数据，用以定义子系统，它们可用图 3.7 表示。

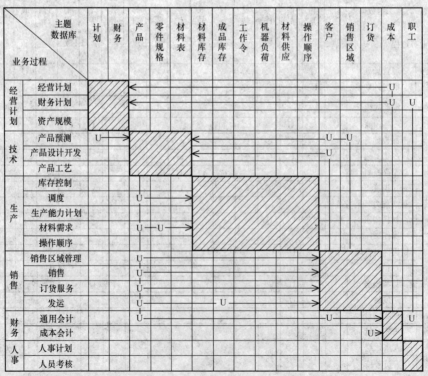

图 3.7　企业的子系统定义图

在图 3.7 中用箭头通过落在框外的 U 把子系统联系起来，它表示了子系统之间的数据流，其箭头方向是由 C 的子系统指向有 U 的子系统。在此图中可以看出：

① 经营计划子系统接受人事、财务子系统中的数据；

② 技术子系统接受经营计划及销售子系统数据；

③ 生产子系统接受技术子系统数据；

④ 销售子系统接受技术子系统数据；

⑤ 财务子系统接受销售及技术子系统数据；

⑥ 人事子系统接受的其他子系统数据为无。

3.2.6　总体规划和结构模型

根据上面的讨论最终可以得到一个总体规划的结构模型，该结构模型的形式如图 3.8 所示。

在上面的例子中，一个企业的信息系统的总体规划结构模型可表示成如图 3.9 所示，以及后面的六个子系统的定义。

图 3.8　总体规划结构模型示意图

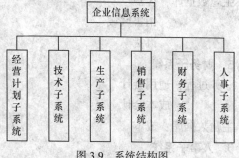

图 3.9　系统结构图

图 3.9 可以分解成六个子系统，它们分别是：

1. 经营计划子系统

业务过程：经营计划

　　　　　财务计划

　　　　　资产规模

主题数据库：计划

　　　　　　财务

2. 技术子系统

业务过程：产品预测

　　　　　产品设计开发

　　　　　产品工艺

主题数据库：产品

　　　　　　零件规格

　　　　　　材料表

3. 生产子系统

业务过程：库存控制

　　　　　调度

　　　　　生产能力计划

　　　　　　　　材料需求

　　　　　　　　操作顺序

　　主题数据库：材料库存

　　　　　　　　成品库存

　　　　　　　　工作令

　　　　　　　　机器负荷

　　　　　　　　材料供应

　　　　　　　　操作顺序

4. 销售子系统

业务过程：销售区域管理

　　　　　销售

　　　　　订货服务

　　　　　发运

主题数据库：客户

　　　　　　销售区域

　　　　　　订货

5. 财务子系统

业务过程：通用会计

　　　　　成本会计

主题数据库：成本

6. 人事子系统

业务过程：人事计划

　　　　　人员考核

主题数据库：职工

3.2.7　总体规划的文档

　　在总体规划结束后须编写"总体规划说明书"，它通常按一定规范要求编写，目前我国制定有关的标准很多，其目的是为规范说明书编写，统一编写形式。本书为这类文档的编写提供一个模板供参考。

　　"总体规划说明书"是总体规划的一个总结，它是该阶段的里程碑，总体规划说明书包括前言、内容及原始资料汇编三部分，其中前言包括如下内容。

　　① 编写目的：主要说明此报告的意图和用意，并指明此文档的预期读者。

　　② 背景：背景包括所开发项目的名称，任务提出者、开发者、用户以及实现该项目的机构。

　　③ 名词定义：给出说明书中所出现的专用术语的解释。

　　④ 参考资料：列出与本说明书有关的参考资料名称、出版机构及出版时间。

　　⑤ 内容：在本说明书中的内容包括需求调查及总体规划结构模型。

　　⑥ 原始资料汇编：将需求调查所收集及整理而成的原始资料作为附件供参考。

　　在说明书中仅需列出目录。

　　图3.10给出了总体规划说明书的模板以供编写文档时参考。

××项目总体规划说明书

1. 前言
1.1 编写目的
1.2 背景
1.3 名词定义
1.4 参考资料
2. 需求调查
2.1 系统目标
2.2 系统边界
2.3 组织机构
2.4 业务流程
2.5 数据流
2.6 资源
2.7 约束条件
2.8 薄弱环节
3. 结构模型
3.1 系统说明
3.1.1 系统职能域与业务过程
3.1.2 系统主题数据库
3.1.3 系统基本 U/C 矩阵
3.2 子系统说明
3.2.1 子系统 1
● 子系统名
● 子系统说明
● 业务过程
● 主题数据库
…　…
3.2.n 子系统 n
● 子系统名
● 子系统说明
● 业务过程
● 主题数据库
4. 原始资料汇编
4.1 原始资料汇编 1
4.2 原始资料汇编 2
……
4.m 原始资料汇编 m

| 编写人员：_____ | 审核人员：_____ |
| 审批人员：_____ | 日　　期：_____ |

图 3.10　"总体规划说明书"模板

3.3　系 统 分 析

　　本节讨论结构化分析方法，它是在总体规划基础上进行的，它对总体规划的每个子系统作详细的分析，并对其每个业务过程的详细流程、每个主题数据库的数据结构作分析，它所完成的工作是给出详细的"做什么",最后给出它的模型。这种模型是一种抽象的模型,它与具体的物理环境和平台无关,下面分别介绍业务过程的分析与主题数据库分析。

3.3.1 业务过程分析

业务过程分析是对每个业务过程作详细的分析并最终用模型的形式表示。模型可以用图形形式或表格形式表示。业务过程分析有很多方法,常用的是数据流图(DFD,data flow diagram)。

数据流图(DFD)是一种抽象地反映业务过程的流程图,在该图中有四个基本成分,分别如下。

① 数据端点:数据端点是指不受系统控制,在系统以外的事与人,它表示了系统处理的外部源头,一般可分起始端点(或称起点)与终止端点(或称终点)两种,它可用矩形表示,并在矩形内标出其名,其具体表示如图 3.11(a)所示。

② 数据流:数据流表示系统中数据的流动方向及其名称。它是单向的,一般可用一个带箭头的直线段表示,并在直线段边标出其名。数据流可来自数据端点(起点)并最终流向某些端点(终点),其中间可经过数据处理与数据存储。数据流的图形表示如图 3.11(b)所示。

③ 数据处理:数据处理是整个流程中的处理场所,它接收数据流中的数据输入并经其处理后将结果以数据流方式输出。数据处理是整个流程中的主要部分,它可用椭圆形表示,并在椭圆形内给出其名。其图形如图 3.11(c)所示。

④ 数据存储:在数据流中可以用数据存储保存数据。在整个流程中,数据流是数据的动态活动形式,而数据存储则是数据的静态表示形式。它一般接收外部数据流作为其输入内容,在输入后对数据作保留,在需要时可随时通过数据流输出,供其他成分使用。数据存储可用双线段表示,并在其边上标出其名。它的图形表示如图 3.11(d)所示。

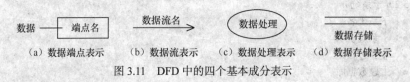

(a)数据端点表示　　(b)数据流表示　　(c)数据处理表示　　(d)数据存储表示

图 3.11　DFD 中的四个基本成分表示

在 DFD 中所表示的是以数据流动为主要标记的分析方法,在其中给出了数据存储与数据处理两个关键部分,同时也给出了系统的外部接口,它能全面地反映整个业务过程。

【例 3.1】　图 3.12 所示的是一个学生考试成绩批改与发送的流程,它用 DFD 表示。在图中教师批改试卷后将成绩登录在成绩登记表,然后传送至教务处,其中用虚线构作的框内表示流程内部,而"教师"与"教务处"则表示流程外部,分别是流程的起点与终点。

图 3.12　考试成绩批改与发送的 DFD

在 DFD 中有的数据处理尚可进一步构作流程,为此往往可对数据处理编号,并可对编号的数据处理进一步构作 DFD,这样就可以形成 DFD 中的嵌套的层次结构。例 3.2 给出了 DFD 中嵌套的一个例子。

【例 3.2】　学生学籍管理包括学生学习管理、学生奖惩管理及学生动态管理三个部分。它们的 DFD 可以用图 3.13 表示，该 DFD 中外部端点有五个，它们分别是招生办、用人单位、高教局、教师与学工部。而其数据处理单位共有三个，即学习成绩管理、奖惩管理及动态管理。最后，它有一个数据存储，即是学生学籍表。在该图中，三个数据处理单元可分别标以 P1、P2 及 P3，对每个数据处理单元可进一步构作数据流程并画出其 DFD。图 3.14 给出了 P1 的数据流程的 DFD，在此图中有 P1.1、P1.2、P1.3、P1.4、P1.5、P1.6、P1.7 共七个处理单元，对它们也可进一步构作数据流程并画出其 DFD，但在这里我们就不进一步构作了，读者如有兴趣可以自行练习。

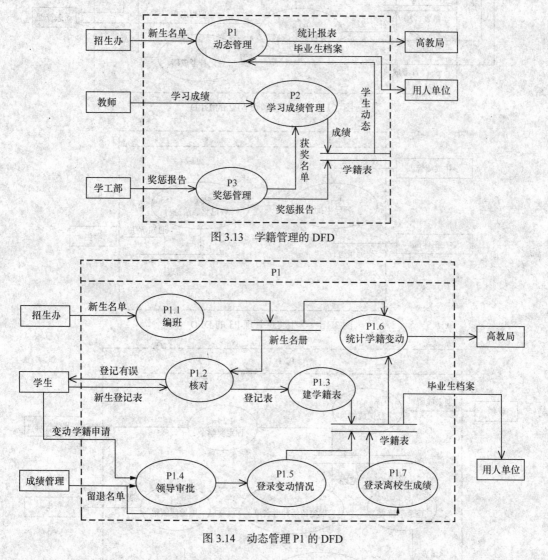

图 3.13　学籍管理的 DFD

图 3.14　动态管理 P1 的 DFD

下面再分别给出学习成绩管理 P2 及奖惩管理 P3 的 DFD，它们分别如图 3.15 及图 3.16 所示。

在 P2 及 P3 中分别有数据处理元 P2.1、P2.2、P2.3、P2.4 及 P3.1、P3.2 等，它们也可以进一步构作数据流程及画出 DFD。下面我们仅给出 P2.1 分析期末成绩供参考，如图 3.17 所示。

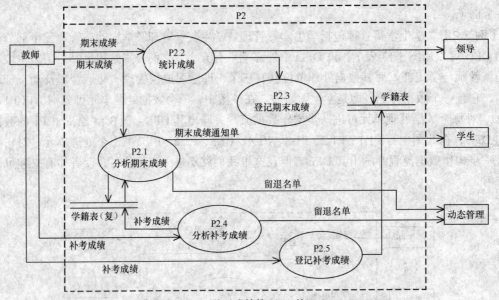

图 3.15 学习成绩管理 P2 的 DFD

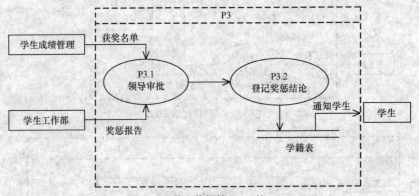

图 3.16 学生奖惩管理 P3 的 DFD

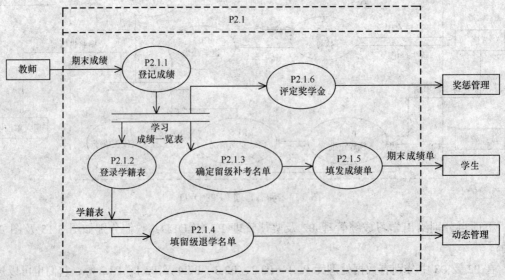

图 3.17 分析期末成绩 P2.1 的 DFD

3.3.2　数据分析

在业务过程分析后可作数据分析，它是对主题数据库的分析，其常用的方法是数据字典（DD，data dictionary）。

DD 包括五个部分，它们是数据项、数据结构、数据流、数据存储及数据处理，下面分别对它们作介绍。

（1）数据项

数据项是数据的基本单位，它包括如下内容：

- 数据项名；
- 数据项说明；
- 数据类型；
- 长度；
- 取值范围；
- 语义约束——说明其语义上的限制条件，包括完整性、安全性限制条件；
- 与其他项的关联。

（2）数据结构

数据结构由数据项组成，它给出了数据基本结构单位，如数据记录即是一种数据结构，它包括如下内容：

- 数据结构名；
- 数据结构说明；
- 数据结构组成：{数据项/数据结构}；
- 数据结构约束：从结构角度说明语义上的限制，包括完整性及安全性限制条件。

（3）数据流

数据流是数据结构在系统内的流通路径，它包括如下内容：

- 数据流名；
- 数据流说明；
- 数据流来源；
- 数据流去向；
- 组成：{数据结构}；
- 平均流量；
- 高峰流量。

（4）数据存储

数据存储是数据结构保存或停留之处，也是数据来源与去向之一，它包括如下内容：

- 数据存储名；
- 数据存储说明；
- 输入的数据流；
- 输出的数据流；
- 组成：{数据结构}；
- 数据量；
- 存取频度；

- 存取方式。

（5）数据处理

数据处理给出处理的说明信息，它包括如下内容：

- 数据处理名；
- 数据处理说明；
- 输入数据：{数据结构}；
- 输出数据：{数据结构}；
- 处理：{简要说明}。

3.3.3 系统分析文档

在系统分析结束后须编写"系统分析说明书"，它通常按一定规范编写，在本书中我们提供一个"系统分析说明书"模板供编写时参考，图 3.18 给出了"系统分析说明书"模板的详细规格，其中有关的说明已在 3.2.7 节的总体规划文档中作详细解释，此处就不再作介绍了。

××项目系统分析说明书
1．前言
1.1 编写目的
1.2 背景
1.3 名词定义
1.4 参考资料
2．业务过程分析
2.1 业务过程 1 的 DFD
2.2 业务过程 2 的 DFD
2.3 业务过程 3 的 DFD
……
2.n 业务过程 n 的 DFD
3．数据库
3.1 数据分析 1 的 DD
3.2 数据分析 2 的 DD
3.3 数据分析 3 的 DD
……
3.m 数据分析 m 的 DD
4．原始资料汇编
4.1 业务过程 DFD 原始资料
4.2 主题数据库中数据分析方法原始资料
编写人员：_____   审核人员：_____
审批人员：_____   日　期：_____

图 3.18　"系统分析说明书"模板

3.4　系　统　设　计

系统设计是在系统分析基础上进行的，如果说系统分析给出了系统做什么，那么系统设计所关心与实现的是系统"怎么做"，即如何在一定的平台与条件下给出系统实现的逻辑模型。系统设计分为过程设计与数据设计两部分，下面分别介绍它们。

3.4.1　系统过程设计

系统过程设计的主要思想是将一个总的系统工作任务分解成许多基本的具体单元，这种单元称模块，然后再将模块组装成系统。其具体方法是：

① 将系统划分成若干模块；

② 决定每个模块的功能；

③ 建立模块间的接口与调用关系；

④ 建立模块结构图。

下面我们详细介绍它们。

1. 模块

模块（module）又称功能模块，它是一组具有完整功能的程序块，它有接口，可与外界交流。模块一般有一些内在特性，下面将详细介绍。

（1）独立功能

一个模块一般具有一个完整独立的功能，以功能作为模块组成的依据是模块的最重要的特性。

（2）高内聚性（cohesion）

模块的内聚指模块内各功能元素间的结合紧密程度，而高内聚性即表示模块内各功能元素相互联系紧密，组成一体。高内聚性是模块的基本要求。

（3）低耦合性

模块的耦合（coupling）指模块间联接的紧密程度，而模块的低耦合度表示了模块间相互依赖少，模块的独立性高。低耦合性也是模块的基本要求之一。

（4）受限的扇入与扇出

模块对外有接口，可供外界调用，称输入接口，输入接口的数量称扇入（fan-in）；模块可调用外部的模块称输出接口，输出接口的数量称扇出（fan-out）。

一个模块的扇入与扇出均不宜大，过大者表示模块间耦合性高，内聚性低，这不利于模块的独立性，特别是模块的扇出过大，意味着模块管理过于复杂。一般的模块扇出与扇入的平均数为 3，最多不能超过 7。

模块一般有三种类型。

① 控制模块：控制模块主要在系统内起到控制与调度其他模块的作用，在一个系统中一般都有一至几个控制模块，它们分别控制若干个模块，而控制模块中有一个模块称总控模块，它是一个总的控制模块，它控制其他的控制模块。

② 工作模块：工作模块在系统中负责过程处理，它是系统中主要的模块，它们中每个模块负责一个独立的处理功能。

③ 接口模块：模块间有接口，模块与外界有接口，接口模块用于完成模块内、外的接口任务。

模块一般用矩形表示，模块名写在矩形内，模块名一般由一个动词及下接名词组成，该名字应能充分表示该模块的功能。图 3.19（a）给出了模块的表示，而图 3.19（b）及图 3.19（c）则给出了两个模块名的实例。

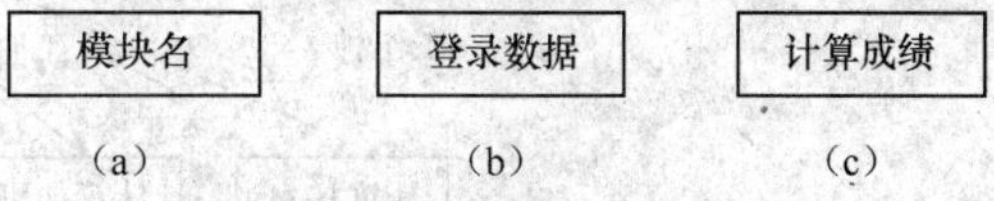

模块名	登录数据	计算成绩
（a）	（b）	（c）

图 3.19　模块表示图

2. 模块结构图

以模块为基础、以模块间的调用为关联所构成的图称模块结构图或简称结构图（structured chart）。结构图以模块为节点、以调用关系为边构成一个图论中的有向图，下面对这个图作讨论。

① 结构图纵向是分层的，一个结构图中的模块可调用下一层的模块，它也可被上一层模块所调用。结构图的层数称为深度，它表示了调用的复杂性。

② 结构图横向是分块的，一个结构图中每一层都横向排列有若干个模块，每层中的模块数称该层的宽度，而整个结构图中每层宽度的最大者称该结构图的宽度。结构图的宽度与深度反映了整个系统的大小与复杂性。

③ 在结构图的每个边上，还可附有数据传递与控制传递两种辅助消息，其中数据传递可用带圆圈的箭头表示[见图 3.20（a）]，控制传递可用带圆点的箭头表示[见图 3.20（b）]。

④ 调用可用有向边表示，边的尾部有菱形者表示具有判断并有条件选择调用，分别见图 3.20（c）及图 3.20（d）。

（a）数据传递表示　（b）控制传递表示　（c）调用表示　（d）有选择的调用表示

图 3.20　四种调用表示

图 3.21 给出了一个工资处理系统的模块结构图，其中图 3.21（a）给出了该模块结构图的树形表示，而图 3.21（b）则是结构图本身。

从图 3.21（a）中可以看出模块结构图的一些性质。

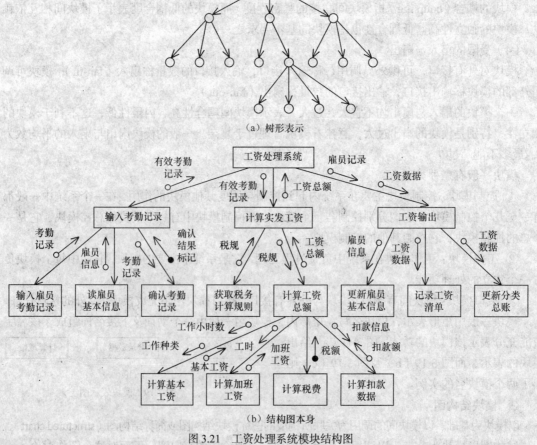

（a）树形表示

（b）结构图本身

图 3.21　工资处理系统模块结构图

① 该结构图的深度为 4，宽度为 8，总体看出其大小与复杂性不高。

② 该结构图中模块最大扇入/扇出为 4，它表示模块的独立性高。

从图 3.21（b）中可以看出，最上层的模块是总控模块，而第二层的模块也是控制模块，包括第二层中的"计算工资总额"模块也是控制模块，而其他的模块则是工作模块或接口模块。

3. 由数据流图到模块结构图

数据流图是系统分析中的模型，而模块结构图则是系统设计中的模型。如何从系统分析模型转换到系统模型，亦即是说如何从数据流图转换到模块结构图是本章所要解决的一个重要问题。

在本节中我们介绍两种转换方法，它们是变换分析法与事务分析法。在数据流图中有两种典型的结构，它们分别是变换型（transform）结构与事务型（transaction）结构，对应这两种结构可以分别有两种转换到模块结构图的方法，它们即是变换分析法与事务分析法。

（1）变换分析法

变换分析法是一种以变换型结构的数据流图为出发点的转换方法，对此种方法我们下面分三步介绍。

① 变换型结构数据流图。变换型结构数据流图是一种典型的数据流图，它是一种线性结构图，在数据流中它顺序的分为逻辑输入、加工与逻辑输出三部分，如图 3.22 所示的数据流图可以顺序的划分成逻辑输入、加工与逻辑输出三部分。

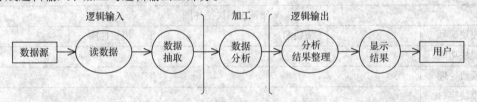

图 3.22 变换型结构数据流图

② 变换型结构数据流图的转换。变换型结构数据流图的转换按下面三个步骤进行。

● 划分逻辑输入、加工与逻辑输出。

对变换型结构数据流图作探究，将其顺序划分为逻辑输入、加工与逻辑输出三部分，这需要对"系统分析说明书"作详细了解以及具有一定的经验作支撑。

● 设计顶层及第二层模块。按照"自顶向下、逐步细化"的原则，首先从顶层模块起作设计，顶层模块的功能即是整个系统的功能，它主要完成加工任务，并主要起控制下层的作用。

第二层模块则按输入、变换及输出三个分支处理。首先设计一个逻辑输入模块，其功能是为顶层模块提供输入数据；其次设计变换模块，它的功能是将输入模块的数据作加工变换；最后是设计一个逻辑输出模块，其功能是为顶层模块提供输出信息，在顶层模块与第二层模块间的数据传送应与数据流图相对应。

● 设计中、下层模块。最后，中、下层模块的设计按输入、变换及输出模块逐个分解，按照数据流图并参考模块的功能独立以及其高内聚、低耦合的原则构作模块并使其扇入、扇出保持在合理的程度，这样可分解成若干层与若干个模块。

图 3.22 所示的数据流图可以按照上面三个步骤转换成如图 3.23 所示的模块结构图。

③ 模块描述。在获得模块结构图后，对每个模块作详细的探究并最终给出描述。模块描述包括如下的内容。

● 模块编号：每个模块必须有一个编号，模块编号按一定规则统一设置；

● 模块名：模块名应能反映该模块的功能；

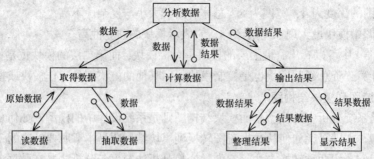

图 3.23 转换分析示例图

- 模块性质：模块性质包括控制模块、接口模块及工作模块，在这三种选取其一；
- 模块功能：模块功能描述该模块的详细功能要求；
- 模块处理：它包括模块内部处理的流程（此部分可以没有）；
- 接口：它包括与上层模块的调用接口以及与下层模块的调用接口，它还包括与外部的接口以及调用时传递的数据、控制信息；
- 附加信息：它包括对模块的一些限制与约束性要求以及包括一些特殊的要求等。

最后用一张如图 3.24 所示的"模块描述图"来表示。

×××系统模块描述图					
模块编号		模块名		模块性质	
模块功能					
模块处理					
模块接口					
附加信息					
编写人员：_____			审核人员：_____		
审批人员：_____			日　　期：_____		

图 3.24 模块描述图

（2）事务分析法

事务分析法是一种以事务型结构的数据流图为出发点的转换方法，对此种方法我们下面也可分三步介绍。

① 事务型结构数据流图。事务型结构数据流图也是一种典型的数据流图，它是以事务加工为主的数据流图，它根据输入数据分析，可分解成若干平等数据流，分别执行加工，图 3.25 给出了它的一个例子。

图 3.25 事务型结构数据流图例

② 事务型结构数据流图的转换。事务型结构数据流图的转换按下面两个步骤进行。

- 设计顶层及第二层模块。按照"自顶向下、逐步细化"的原则，首先从顶层模块设计做起，顶层模块的功能即是整个系统的功能，它主要完成加工功能并起控制下层的作用。

第二层模块则按"分析模块"与"调度模块"两个分支处理，其中分析模块接收输入并分析事务类型，而调度模块则根据不同类型调用相应的下层模块。

● 中、下层模块设计。在中、下层模块中，分析模块的下层应包括接收原始输入以及分析事务类型这两类模块，而在调度模块的下层应并行设置若干层模块以完成相应的事务处理。图 3.25所示的数据流图可以按照上面两个步骤转换成如图 3.26 所示的模块结构图。

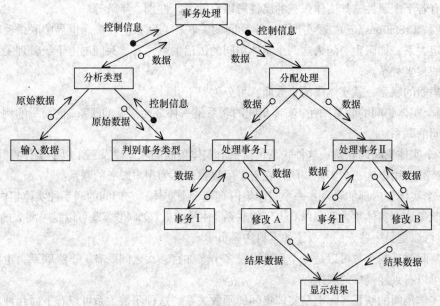

图 3.26　事务分析例图

③ 模块描述。此部分与变换分析法中所介绍的是相同的，因此可以完全借鉴其内容。

在实际应用中所出现的数据流图并非经常像上面所介绍的那两种典型类型，往往是非典型状态，如有时是混合状态，即一部分是变换类型另一部分是事务类型等，此时可以借鉴上面所介绍的类型中所处理的方法灵活、变通的处理。

3.4.2　系统数据设计

系统数据设计是系统设计中的又一个重要设计部分，它以"系统分析说明书"中的数据分析为设计前提，其最终目标是设计出相关的结果，它包括数据概要设计、逻辑设计及详细设计。

3.4.2.1　数据的概要设计

在数据概要设计中一般常用的方法是 E-R 方法，也可以用扩充 E-R 方法以及面向对象方法等，但这里我们主要介绍 E-R 方法，因为这是一种最常用且最简单的设计方法。

E-R（entity-relationship）方法又称 E-R 模型，也称实体-联系模型，于 1976 年由 Peter Chen 首先提出。这是一种概念化的模型，它将现实世界的要求转化成实体、联系、属性等几个基本概念以及它们间的两种基本关系，并且用一种较为简单的图表示，叫 E-R 图（entity-relationship diagram）。该图简单明了，易于使用，因此很受欢迎，长期以来作为一种主要的概念模型被广泛应用。

1．E–R 模型的基本概念

E-R 模型有如下三个基本概念。

① 实体（entity）：现实世界中的事物可以抽象成为实体，实体是概念世界中的基本单位，它们是客观存在的且又能相互区别的事物。凡是有共性的实体都可组成一个集合，称为实体集（entity set）。如学生张三、李四是实体，而他们又均是学生，从而组成一个实体集。

② 属性（attribute）：现实世界中的事物均有一些特性，这些特性可以用属性这个概念表示。属性描述了实体的特征。属性一般由属性名、属性型和属性值组成。其中属性名是属性标识，而属性的型与值则给出了属性的类型与取值，属性取值有一定范围，称属性域（domain）。一个实体往往可以有若干个属性，如实体张三的属性可以有姓名、性别、年龄等。

③ 联系（relationship）：现实世界中事物间的关联称为联系。在概念世界中联系反映了实体集间的一定关系，如医生与病人这两个实体集间的医治关系，官、兵间的上下级管理关系，旅客与列车间的乘坐关系。

实体集间的联系，就实体集的个数而言可分为以下几种。

① 两个实体集间的联系：两个实体集间的联系是一种最为常见的联系，前面举的例子均属两个实体集间的联系。

② 多个实体集间的联系：这种联系包括三个实体集间的联系以及三个以上实体集间的联系。如工厂、产品、用户这三个实体集间存在着工厂提供产品为用户服务的联系。

③ 一个实体集内部的联系：一个实体集内有若干个实体，它们间的联系称实体集内部联系。如某公司职工这个实体集内部可以有上下级联系，往往某人（如科长）既可以是一些人的下级（如处长），也可以是另一些人的上级（如本科内科员）。

实体集间联系的个数可以是单个也可以是多个。如官、兵之间既有上下级联系，也有同志间联系，还可以有兴趣爱好的联系等。

两个实体集间的联系实际上是实体集间的函数关系，这种函数关系可以有下面几种。

① 一一对应（one to one）的函数关系：这种函数关系是常见的函数关系之一，它可以记为 $1:1$。如学校与校长间的联系，一个学校与一个校长间相互一一对应。

② 一多对应（one to many）或多一对应（many to one）函数关系：这两种函数关系实际上是同一种类型，它们可以记为 $1:m$ 或 $m:1$。如学生与其宿舍房间的联系是多一对应函数关系（反之，则为一多对应函数关系），即多个学生对应一个房间。

③ 多多对应（many to many）函数关系：这是一种较为复杂的函数关系，可记为 $m:n$。如教师与学生这两个实体集间的教与学的联系是多多对应函数关系。因为一个教师可以教授多个学生，而一个学生又可以受教于多个教师。

以上四种函数关系如图 3.27 所示。

E-R 模型由以上三个基本概念组成。这三个基本概念之间的关系如下。

2. E-R 模型三个基本概念之间的联接关系

（1）实体集（联系）与属性间的联接关系

实体是概念世界中的基本单位，属性附属于实体，它本身并不构成独立单位。一个实体可以有若干个属性，实体以及它的所有属性构成了实体的一个完整描述。因此实体与属性间有一定联接关系。如在人事档案中每个人（实体）可以有

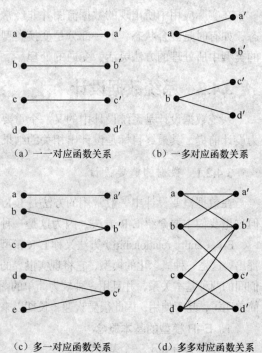

（a）一一对应函数关系　　（b）一多对应函数关系

（c）多一对应函数关系　　（d）多多对应函数关系

图 3.27　四种函数关系表示图

编号、姓名、性别、年龄、籍贯、政治面貌等若干属性，它们组成了一个相关人（实体）的完整描述。

实体有型与值之别，一个实体的所有属性构成了这个实体的型（如表 3.4 中人事档案中的实体，它的型是编号、姓名、性别、年龄、籍贯、政治面貌），而实体中属性值的集合（如表 3.4 中 138、徐英健、女、18、浙江、团员）则构成了这个实体的值。

相同型的实体构成了实体集。实体集由实体集名、实体型和实体三部分组成。如表 3.4 中的每一行是一个实体，它们均有相同的型，因此表内诸实体构成了一个实体集。

表 3.4　　　　　　　　　　　　　　　　人事档案简表

编号	姓名	性别	年龄	籍贯	政治面貌
138	徐英健	女	18	浙江	团员
139	赵文虎	男	23	江苏	党员
140	沈亦奇	男	20	上海	群众
141	王　宾	男	21	江苏	群众
142	李红梅	女	19	安徽	团员

联系也可以附有属性，联系和它的所有属性构成了联系的一个完整描述，因此，联系与属性间也有联接关系。如有教师与学生两个实体集间的教与学的联系，该联系还可附有属性——教室号。

（2）实体（集）与联系间的联接关系

实体集间可通过联系建立联接关系，一般而言，实体集间无法建立直接关系，它只能通过联系才能建立起联接关系。如教师与学生之间无法直接建立关系，只有通过教与学的联系才能在相互之间建立关系。

上面所述的两个联接关系建立了实体（集）、属性、联系三者的关系，用表 3.5 表示。

表 3.5　　　　　　　　　　　　实体（集）、属性、联系三者的联接关系表

项　　目	实体（集）	属　　性	联　　系
实体（集）	×	单向	双向
属性	单向	×	单向
联系	双向	单向	×

E-R 模型中有三个基本概念以及它们间的两种基本关系，它们将现实世界中错综复杂的现象抽象成简单明了的几个概念及关系，具有极强的概括性，因此，E-R 模型目前已成为表示概念世界的有力工具。

3. E-R 模型的图示法

E-R 模型另一个很大的优点是它可以用一种非常直观的图的形式表示，这种图称为 E-R 图。在 E-R 图中我们分别用不同的几何图形表示 E-R 模型中的三个概念与两个联接关系。

① 实体集表示法：在 E-R 图中用矩形表示实体集，在矩形内写上该实体集之名。如实体集学生（student）、课程（course）可用图 3.28 表示。

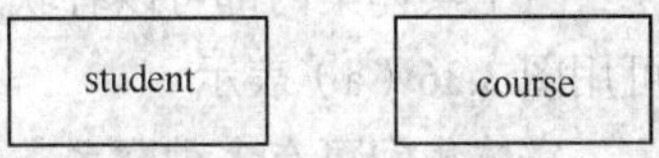

② 属性表示法：在 E-R 图中用椭圆形表示属性，在椭圆形内写上该属性名。如学生有属性学号（sno）、姓名（sn）及年龄（sa），可以用图 3.29 表示。

图 3.28　　实体集表示法

③ 联系表示法：在 E-R 图中用菱形表示联系，在菱形内写上该联系名。如学生与课程间联

系 SC，如图 3.30 表示。

图 3.29　属性表示法　　　　　　　　　　　　图 3.30　联系表示法

三个基本概念分别用三种几何图形表示，它们间的联接关系也可用图形表示。

④ 实体集（联系）与属性间的联接关系：属性依附于实体集，因此，它们之间有联接关系。在 E-R 图中这种关系可用联接这两个图形间的无向线段表示（一般情况下可用直线）。如实体集 student 有属性 sno（学号）、sn（学生姓名）及 sa（学生年龄），实体集 course 有属性 cno（课程号）、cn（课程名）及 pno（预修课号），此时它们可用图 3.31 联接。

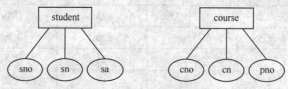

图 3.31　实体集与属性间的联接

属性也依附于联系，它们间也有联系，因此也可用无向线段表示。如联系 SC 可与学生的课程成绩属性 g 建立联接，用图 3.32 表示。

⑤ 实体集与联系间的联接关系：在 E-R 图中实体集与联系间的联接关系可用联接这两个图形间的无向线段表示。如实体集 student 与联系 SC 间有联接关系，实体集 course 与联系 SC 间也有联接关系，因此它们间可用无向线段相联，如图 3.33 所示。

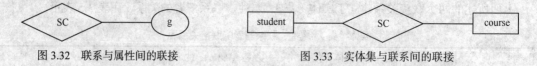

图 3.32　联系与属性间的联接　　　　　图 3.33　实体集与联系间的联接

有时为了进一步描述实体间的函数关系，还可在线段边上注明其对应的函数关系，如 $1:1$、$1:n$、$n:m$ 等。如 student 与 course 间有多多对应函数关系，此时可以用图 3.34 表示。

实体集与联系间的联接可以有多种，上面所举例子均是两个实体集间联系，叫二元联系；也可以是多个实体集间联系，叫多元联系。如工厂、产品与用户间的联系 FPU 是一种三元联系，可用图 3.35 表示。

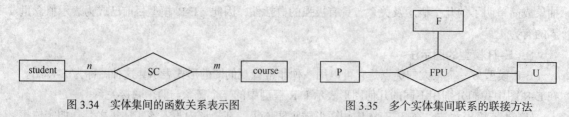

图 3.34　实体集间的函数关系表示图　　　图 3.35　多个实体集间联系的联接方法

一个实体集内部可以有联系。如某公司职工（employee）与上下级管理（manage）间的联系，可用图 3.36（a）表示。

实体集间可有多种联系。如教师（T）与学生（S）之间可以有教学（E）联系，也可有同志（C）间的联系，可用图 3.36（b）表示。

矩形、椭圆形、菱形以及按一定要求相互间相联接的线段构成了一个完整的 E-R 图。

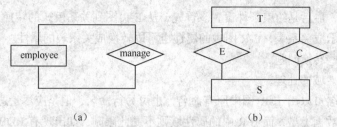

（a）　　　　　　　　　　　　　　（b）

图 3.36　实体集间多种联系

【例 3.3】　由前面所述的实体集 student、course 及附属于它们的属性和它们间的联系 SC 以及附属于 SC 的属性 g 构成了一个有关学生、课程以及他们的成绩和他们间的联系的概念模型。用 E-R 图表示如图 3.37 所示。

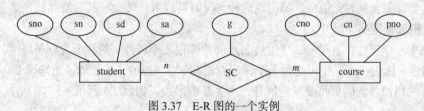

图 3.37　E-R 图的一个实例

【例 3.4】　图 3.38 给出了一个工厂的物资管理 E-R 图，它由职工（employee）、仓库（warehouse）、项目（project）、零件（part）、供应商（supplier）五个实体集以及供应、库存、领导、工作四个联系所组成。

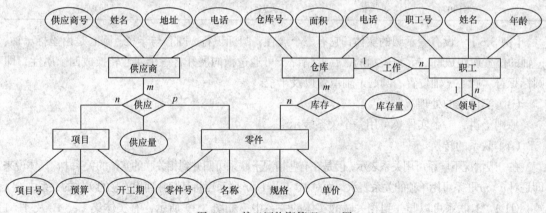

图 3.38　某工厂物资管理 E-R 图

在概念上，E-R 模型中的实体、属性与联系是三个有明显区别的不同概念，但是在分析客观世界的具体事物时，往往会产生混淆甚至区别不清，这是构造 E-R 模型最困难的地方，这主要靠经验与积累，当然也有一些规则可循，但关键取决于应用的背景以及设计人员的理解。

3.4.2.2　数据的逻辑设计

数据的逻辑设计是面向数据库一级的设计，它包括数据的关系表、视图的约束条件的设计。

1. 数据设计基本方法

数据设计就是作数据库的设计，在目前主要是作关系数据库的设计。

数据库设计的基本方法是将 E-R 图转换成指定 RDBMS 中的关系模式，此外还包括关系的规范化以及性能调整，最后是约束条件设置。首先，从 E-R 图到关系模式的转换是比较直接的，实体与联系都可以表示成关系表，E-R 图中的属性也可以转换成关系表的属性。下面讨论由 E-R 图转换成关系表的一些转换问题。

（1）命名与属性域的处理

关系表中的命名可以用 E-R 图中原有命名，也可另行命名，但是应尽量避免重名。RDBMS 一般只支持有限种数据类型，而 E-R 中的属性域则不受此限制，如出现有 RDBMS 不支持的数据类型时则要进行类型转换。

（2）非原子属性处理

在关系数中的属性一般均为原子属性。所谓原子属性即是标量属性或者说是单值属性而非集合量属性，而在 E-R 图中允许出现非原子属性，但在关系模式中是不允许出现非原子属性的，非原子属性主要有集合型和元组型。如出现此种情况时可以进行转换，其转换办法是集合属性纵向展开，而元组属性则横向展开。

【例 3.5】 学生实体有学号、学生姓名及选读课程三个属性，前两个为原子属性，而后一个为非原子属性，因为一个学生可选读若干课程。设有学生 S1307，王承志，他选读 DataBase、OS 及 NetWork 三门课，此时可将其纵向展开，用关系表形式，如表 3.6 所示。

表 3.6　　　　　　　　　　　　　　　　学生实体

学　号	学生姓名	选读课程
S1307	王承志	DataBase
S1307	王承志	OS
S1307	王承志	NetWork

【例 3.6】 设有表示圆的实体，它有三个属性：圆标识符、圆心与半径。圆心是由坐标 x 轴、y 轴的位置所组成的二元组表示的，在此情况下可通过横向展开将三个属性转换成四个属性，即圆标识符、圆心 x 轴位置、圆心 y 轴位置以及半径。

（3）实体集的处理

原则上讲，一个实体集可用一个关系表示。

（4）联系的转换

在一般情况下联系可用关系表示，但是在有些情况下联系可归并到相关联的实体的关系中。具体说来即是对 $n:m$ 联系可用单独的关系表示，而对 $1:1$ 及 $1:n$ 联系可将其归并到相关联的实体的关系中。

① $1:1$ 联系可以归并到相关联的实体的关系中，如图 3.39 所示，有实体集 E_1、E_2 及 $1:1$ 联系。其中 E_1 有主键 k，属性 a；E_2 有主键 h，属性 b；而联系 r 有属性 s。此时，可以将 r 归并至 E_1 处，而用关系表 R_1（k，a，h，s）表示，同时将 E_2 用关系表 R_2（h，b）表示。

② 在 $1:n$ 联系中也可将联系归并至相关联为 n 处的实体的关系表中，如图 3.40 所示，有实体集 E_1、E_2 及 $1:n$ 联系 r。其中 E_1 有主码 k，属性 a；E_2 有主码 h，属性 b；而 r 有属性 s。此时，可以将 E_1 用关系 R_1（k，a）表示，而将 E_2 及联系 r 用 R_2（h，b，k，s）表示。

在将 E-R 图转换成关系表后，接下来是作规范化、性能调整等工作。

（5）规范化

在逻辑设计中初步形成关系表后还需对关系作规范化验证，使每个关系表至少满足第三范式。所谓第三范式目前有两种验证的方法，一种是形式化方法，另一种是经验性的非形式化方法。在这里我们仅介绍后一种方法，这种方法也称"一事一地"（one fact one place）原则，即一件事放一张表，而不同事

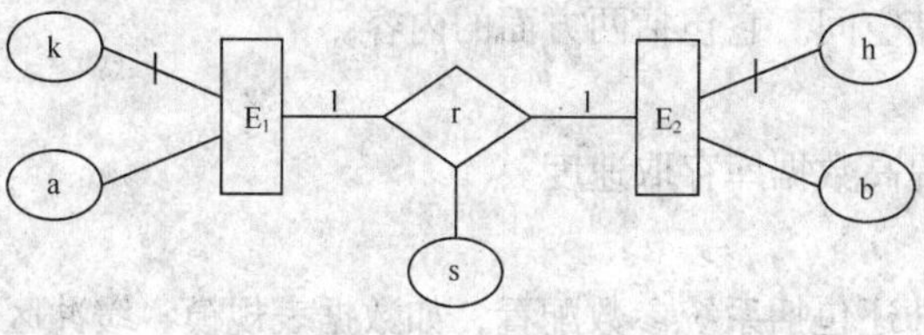

图 3.39　1∶1 联系 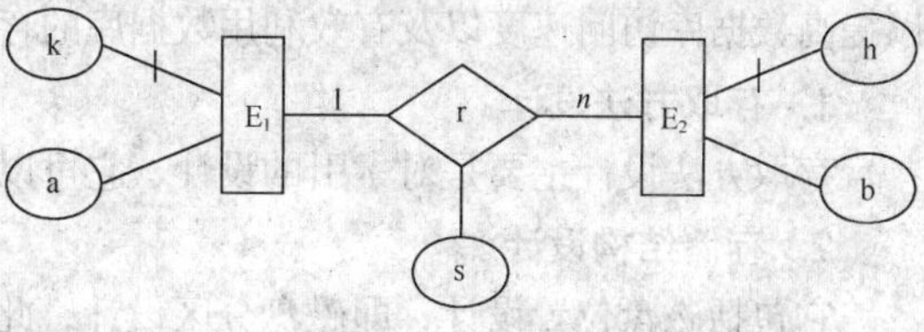　　　　　　　　　　　图 3.40　1∶n 联系

则放不同表的原则。这种验证方法是判别关系表满足第三范式的有效方法，它既非形式化又很简单，因此在实际应用中经常使用。唯一要注意的是对所关注的数据体语义要了解清楚，具体的说即对数据体中的不同 "事" 要严格区分，这样才能将其放入不同的 "表" 中。此外还要确定每张关系表的主键与外键，所谓键即是关系表中唯一且最小能确定表中元组的属性集，亦即是说键是可以代表表中元组的简单方法。一般说关系表中可以有很多键，它们称候选键，在候选键中选取一个作为正式使用的键，称主键。在两张关系表 A、B 中，A 的键出现在 B 中，可称为 B 的外键，外键建立了两表间的关联。

（6）RDBMS 性能调整

满足 RDBMS 的性能、存储空间等要求的调整以及适应 RDBMS 限制条件的修改包括如下内容。

① 调整性能，适当合并一些表以减少连接运算。

② 调整关系表大小，使每个关系表的数量保持在合理水平，从而可以提高存取效率。

③ 尽量采用快照（snapshot），因为在应用中经常仅需某固定时刻的值，此时可用快照方法将某时刻值固定成快照，并定期更换，此种方式可以显著提高查询速度。

（7）约束条件设置

经调整后最后所生成的表尚需对其设置一定约束条件，包括表内属性及属性间的约束条件及表间属性的约束条件。这些约束条件可以是完整性约束、安全性约束，它也可以包括数据类型约束及数据量的约束等。此外，还要重新设置每个表的主键及外键。

2. 关系视图设计

数据库设计的另一个重要内容是关系视图的设计。关系视图是在关系模式基础上所设计的直接面向操作用户的视图，它可以根据用户需求随时构作。

关系视图一般由同一模式下的表或视图组成，它由视图名、视图列名以及视图定义和视图说明等几部分组成，其作用大致有如下几点。

① 提供数据的逻辑独立性。数据的逻辑模式会随着应用的发展而不断地变化，一般说来，逻辑模式的变化必会影响到应用程序的变化，这就会产生极为麻烦的维护工作。而关系视图则起到了逻辑模式与应用程序之间隔离墙的作用。有了关系视图后建立在其上的应用程序就不会随逻辑模式的修改而产生变化，此时变动的仅是关系视图的定义。因此，关系视图提供了一种逻辑数据独立性，应用程序不受逻辑模式变化的影响。

② 能适应用户对数据的不同需求。每个数据库都有一个非常庞大的结构，而每个数据库用户则只需知道他们自己所关心的那部分结构，不必知道数据的全局结构，以减轻用户在此方面的负担，而此时可用关系视图屏蔽用户所不需要的模式，仅将用户感兴趣的部分呈现给用户。

③ 有一定数据保密功能：关系视图为每个用户划定了访问数据的范围，从而在各用户间起到了一定的保密隔离作用。

3.4.2.3　数据的详细设计

数据的详细设计又称物理设计，它是在逻辑设计基础上对数据库内部的物理结构作适当调整，以提高数据库访问速度以及有效利用数据库的存储空间。它包括两方面的内容。

1. 存取方法设计

存取方法设计主要是对索引的设计，它可以提高数据库存取速度。

2. 存储结构设计

它包括磁盘位置设计，即磁盘分区设计，此外还包括系统参数配置，如数据表规模、缓冲区大小、个数等内容。

3.4.3 系统设计文档

在系统设计结束后须编写"系统设计说明书"，它通常按一定规范编写，在本书中我们提供一个"系统设计说明书"模板供编写时参考。图 3.41 给出了"系统设计说明书"模板的详细规范，其中的有关说明已在 3.2.7 节的总体规划文档中作详细解释，此处就不再作介绍了。

××项目系统设计说明书

1. 前言
1.1 编写目的
1.2 背景
1.3 名词定义
1.4 参考资料
2. 模块结构图表示
2.1 模块结构图
2.2 模块结构说明
3. 模块描述图
3.1 模块描述图之一
3.2 模块描述图之二
…… ……
3.n 模块描述图之 n
4. E-R 图
5. 关系表描述
5.1 关系表一览
5.2 关系表结构
5.3 候选键、主键及外键
5.4 关系表说明
6. 属性描述
6.1 属性一览
6.2 属性说明
6.3 属性与表关系
7. 数据约束
7.1 数据完整性约束
7.2 数据安全性约束
8. 视图描述
8.1 视图一览
8.2 视图说明
8.3 视图定义
9. 索引
10. 参数值设置

编写人员：＿＿＿＿＿＿＿＿＿　　审核人员：＿＿＿＿＿＿＿＿＿

审批人员：＿＿＿＿＿＿＿＿＿　　日　　期：＿＿＿＿＿＿＿＿＿

图 3.41 "系统设计说明书"模板

3.5　系　统　实　现

在完成系统的设计后，一个系统构造的框架就已经完成，接下来的工作即是实现系统，实现系统包括系统编码、测试和最终的运行与维护。下面我们分别介绍这三个部分。

3.5.1　系统编码

系统编码即是将系统设计中的模块与数据表（视图）结构用一定的程序设计语言编写成源代码，并经编译（或解释）后即能成为可运行的目标代码，由此达到了系统实现的目的。

一般而言，对源代码的编写是有一定要求的，如下所示。

1. 语言的选择

对不同的设计结果、不同的模块，可选用不同的语言，目前可以有如下几种选择。

① 算法程序设计语言：该语言适合于书写加工处理型模块，此类语言为 C、C++、Java 及 C# 等。

② 可视化程序设计语言：该语言适合于书写人机界面模块，此类语言为 Delphi、VB 等。

③ 数据库语言：该语言适合于数据模式定义、数据操纵与控制等，此类语言为 SQL 等。

④ 脚本语言：此类语言适合于在互联网上作交互与接口，为 ASP、JSP 及 PHP 等。

2. 程序设计质量要求

程序设计质量要求有下面几个方面。

① 正确性要求：程序设计的正确性是编写程序设计的最基本要求，所谓正确性包括语法与语义两个方面，只有在语法上符合规划要求而在语义上满足系统设计要求的代码才是正确的代码。

② 易读性要求：程序代码不仅为了编译运行，它还要便于阅读，为后续的测试、维护及修改提供方便。

③ 易修改性要求：程序代码是需经常修改的，修改包括改错、扩充功能与移值等，因此易修改性也是程序编码中的重要要求之一。

为达到以上几个目的，需要从程序的结构化与程序设计风格两个方面着手解决，下面的两部分将分别介绍这些内容。

3. 结构化程序设计

结构化程序设计是为了使程序成为一个有组织且遵守一定规则的实体，其目的是使程序是易读的、易修改的。结构化程序设计一般应遵守的规则有：

① 程序语句应组成容易识别的块（block）；

② 每个程序应有一个入口和一个出口；

③ 仅使用语言中的三个控制语句，即顺序、选择与重复，GOTO 的语句要严格控制；

④ 对复杂结构的程序可用嵌套方式实现。

4. 程序设计风格

由于程序是供人阅读与修改的，所以编写完成的一组程序就像一篇文章是要讲究文风的，这就是程序设计的风格。这种风格实际上也就是在编写程序时所应遵守的规则，它们大致有如下一些内容。

（1）源程序文档化

源程序文档化即是将源程序看成是一个文档而不仅是一组供编译运行的代码。源程序文档化包括三个内容，它们是标识符、程序注释与视觉组织。

① 标识符：在程序中应充分使用标识符，它包括模块名、变量名、常量名、子程序名、函数名、过程名、数据区名及缓冲区名等，这些命名应能反映所代表的实际东西，并对编写程序有实际帮助。

② 程序注释：为便于阅读与交流，在编写程序时必须书写注释。注释一般分序言性注释与功能性注释两种，序言性注释通常属于程序模块的首部，它一般给出程序的整体说明，它包括：

- 程序标题；
- 模块功能与目的说明；
- 模块位置：指出属于哪个源文件及哪个软件包；
- 算法说明；
- 接口说明；
- 数据描述；
- 开发简历。

功能性注释嵌在源程序体中，用以描述相应语句段的功能与说明。

程序注释一般用自然语言书写，在正规的程序文体中，注释行的数量要占到整个源程序的 $1/3 \sim 1/2$。

③ 视觉组织——空格、空行与移行：一般文章书写时要分段落，要有空行与空格，这样才能层次清楚，达到视觉上的清晰效果，同样在程序中也需要充分地利用空格、空行与移行，以达到视觉上的效果。一般的做法是：

- 程序段间用空行隔开；
- 程序中运算符可用空格两边格开；
- 程序中各行不必左对齐，一般对选择和循环语句可把其中的程序段语句向右作阶梯式移行以达到层次分明、逻辑清楚的目的。

（2）数据说明

在编写程序时为使数据使用更易于理解，必须注意如下几点：

① 数据说明次序应当规范化，使数据属性容易查找，也有利于测试、排错与维护；

② 当多个变量名用一个语句说明时，应将变量按顺序排列；

③ 对一些复杂的数据结构应使用注释，以说明其在程序实现时的固有特点。

（3）语句结构

对程序中的每个语句构造应力求简单、明了，不能为追求效率而使语句复杂化。对语句结构一般有如下一些要求：

① 一行内只写一条语句；

② 程序编写要遵从正确第一、清晰第二、效率第三的原则；

③ 尽量在程序中使用函数、过程与子程序；

④ 尽量用逻辑表示式代替分支嵌套；

⑤ 尽量避免使用不必要的 GOTO 语句；

⑥ 尽量避免使用"否定"条件的条件语言；

⑦ 尽量避免过多使用循环嵌套与条件嵌套；

⑧ 对递归定义的数据结构尽量使用递归过程。

（4）输入和输出

输入与输出是直接和用户紧密相关的，因此输入/输出方式和风格应尽可能地方便用户使用。

在输入/输出程序编写时应注意：

① 所有输入数据都必须作完整性检验以保证数据的有效性；

② 输入步骤与操作尽量简单并保持简单的输入格式；

③ 应允许出现有缺省值；

④ 输入数据中需要有结束标志；

⑤ 输出的形式（包括报表、图表等）要考虑用户需求并能使用户乐于接受；

⑥ 输出操作要尽量简单、方便。

5．里程碑

系统编码的最终成果是一个带有注释的源程序清单。

3.5.2　测试

测试是在软件正式投入生产性运行前的最终复审，它是软件质量保证的关键步骤。在软件开发过程中，不管开发者如何精明能干，他们毕竟是人而不是神，在其产品中总会隐藏许多错误和缺陷，尤其规模大、复杂度高的软件更是如此，因此软件测试是极为必要的。

软件测试是为了发现错误而执行程序的过程或者说软件测试是设计一些测试用例并利用它们去运行程序以发现程序错误的过程。下面对软件测试的几个关键问题作讨论。

1．测试的目的

测试的目的有如下几个方面：

① 测试是一个程序的执行过程，目的是为了发现错误；

② 一个好的测试用例在于发现至今未发现的错误；

③ 一个成功的测试是发现了至今未发现的错误的测试。

如果我们成功地进行了测试就能够发现软件中的错误，但是测试能说明软件中有错误，而不能证明软件中没有错误，不过有一点是肯定的，即测试能证明软件的功能与性能是否与需求分析相符合。

为实现以上的三个目的，软件测试的原则应该是：

① 测试用例应由测试输入数据与对应的预期输出结果两部分所组成；

② 编程人员与测试人员应该分开，编程人员避免检查自己的程序；

③ 需制订严格的测试计划，排除测试的随意性；

④ 应当对每个测试结果作全面检查以充分暴露错误、发现错误；

⑤ 应对测试建立文档，该文档包括测试计划、测试用例、出错统计以及最终分析报告。

2．测试流程

测试流程一般分为如下三个步骤。

（1）测试输入

测试需要有以下三类输入。

● 软件配置：软件配置即是测试对象，它一般包括系统源代码、系统分析与系统设计等说明书资料；

● 测试配置：测试配置即是测试所需的资料，包括测试计划、测试用例等；

● 测试工具：为进行测试须有测试工具以支持和有利于测试的进行并作测试分析服务。

在以上三类输入的支持下即可进行测试并获得测试的结果。

（2）测试分析

测试分析即是对测试结果作分析，即将实际测试结果与预期结果作比较，如结果不一致即表示软件有错，此时须作出错率统计。

（3）排错与可靠性分析

测试分析结果表明软件有错时即要启动排错。所谓排错又称调试，即改正错误，它包括两个部分：

- 确定程序中错误的确切性质与位置；
- 对程序进行修改以排除错误，在排除错误后尚需作进一步的测试。

分析结果的另一个方面是出错率统计，在此基础上建立软件可靠模型。如果经常出现需要修改设计的严重错误，那么软件质量和可靠性就值得怀疑，同时也表明需作进一步测试。

测试流程的三个步骤可以用图 3.42 表示。

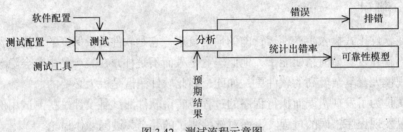

图 3.42　测试流程示意图

3．测试用例设计

在测试中设计测试用例是关键的，测试用例一般分两种，它们是黑盒测试与白盒测试，下面我们将分别介绍。

（1）黑盒测试

黑盒测试是将测试对象看作是一个黑盒，只知其外部功能特征而不知其内部结构与编码。黑盒测试主要是测试是否满足功能要求，其示意图如图 3.43 所示。在该图中表示对输入 x_1, x_2, …, x_n 经黑盒后必有预期结果 y_1, y_2, …, y_n。对一组输入数据，若实际结果与预期结果相符则表示某功能成立，若不相符则表示功能不成立。为此经过多次数据输入与输出的比较最终可得到测试结果。

图 3.43　黑盒测试示意图

（2）白盒测试

白盒测试是将测试对象视为一个打开的盒子，允许测试人员对程序内部的结构与编码作测试。其测试方法是所构作的测试用例应能包含所有逻辑路径，并通过设置不同检查点，以确定实际状态与预期状态是否一致。

软件人员使用白盒测试方法主要是对程序模块作检查，对其所有独立路径至少测试一次；对逻辑判定"T"或"F"都至少能测试一次；在循环的边界和运行界限内执行循环以及测试内部数据结构有效性等。

黑盒测试与白盒测试是两种不同的测试，它们各有其优点与缺点，两种测试如能同时进行，可起到互相补充的作用。

4．测试策略

软件测试一般采用从小到大、由局部到全局的测试策略，测试过程按四个步骤进行，它们分别是单元测试、组装测试、确认测试与系统测试，其过程图如图 3.44 所示。

在该图中可以看到，整个测试过程分四个步骤。

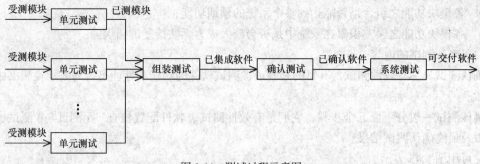

图 3.44　测试过程示意图

① 单元测试：首先对每个模块作单元测试；

② 组装测试：经单元测试后将模块集成并作组装测试，主要是对整个软件体系结构作测试；

③ 确认测试：然后再用需求分析要求作确认测试；

④ 系统测试：最后将经过确认的软件纳入实际运行环境中并与其他系统成分组合一起进行测试，以完成最终测试。

下面我们对四种测试作大致的介绍。

（1）单元测试的内容

单元测试又叫模块测试，它的测试对象是模块，其目的为作正确性测试，发现模块内所存在的错误，其所用方法以白盒方法为主，黑盒方法辅之，其测试内容需包括五个方面。

● 模块接口测试

模块接口测试即是对模块的输入、输出接口的测试，这是单元测试首先要测试的部分，因为接口若存在错误则其他测试无从谈起。

● 局部数据结构测试

其次需要测试的是局部数据结构，此部分是最为常见的错误来源，这种测试包括对数据类型、初始化变量、初始值等内容的测试。

● 路径测试

这是单元测试中的主要内容，要选择适当的测试用例，对模块中的主要执行路径进行测试，其中包括查找错误的计算、不正确的比较以及不正常的控制流程等。

● 错误处理测试

一般的模式要求能预见出错条件并有设置错误处理，因此需对其作测试，以防出现有错无处理或出错处理不正确的现象。

● 边界测试

边界测试是对模块中临界状态的测试，此类错误是经常会出现的，必须认真加以测试。

（2）组装测试的内容

组装测试又称集成测试，也叫联合测试，它是在单元测试的基础上将所有经测试的模块按设计要求组装成为一个系统，在此项测试中主要的测试内容是对模块间接口的测试，包括模块间的调用接口、模块间数据接口以及模块局部功能与系统全局功能间的关系。它具体包括下面一些内容：

● 模块间的调用关系是否符合设计要求；

● 在模块间连接时，穿越模块的数据是否会失真；

● 模块内的局部数据结构与系统的全局数据结构是否协调；

● 一个模块的功能是否会对另一个模块的功能产生不利影响；

- 各模块功能之组合是否能达到整个系统的预期功能;
- 各模块功能之误差积累在系统中是否会放大成为无法接受的错误。

（3）确认测试的内容

确认测试又称有效性测试，其目的是验证被测试软件的功能和性能是否与需求说明书中的要求一致。

确认测试一般分下面五个步骤，它们是有效性测试、软件配置核查、α测试与β测试、验收测试以及最终确认测试结果。

它可用图3.45表示。

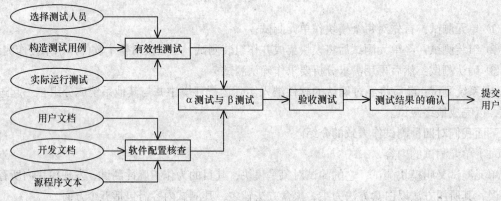

图 3.45　确认测试的五个步骤

下面对这五个步骤作介绍。

① 有效性测试。有效性测试是在模拟环境下运用黑盒方法进行的测试，为此需制订测试计划，给出测试用例，通过实施预定的测试计划以确定被测试的软件能否与需求说明中的功能、性能一致。

② 软件配置核查。在进行有效性测试的同时，须对软件配置的所有成分作核查，且质量均达要求，同时要保证配置文档的完整性、正确性以及无矛盾性。

③ α测试与β测试。一个软件在进行了有效性测试与配置核查后，下一个步骤是将其交给用户，在开发环境下进行测试，在测试中须与开发者配合，其测试目的是对软件产品的功能、性能、可使用性等作评价，这就是α测试。

在α测试后即可进入β测试，β测试是将产品交给多个用户，在用户的实际环境中进行测试，并将其使用结果及有关问题提交给开发者，最终给出某功能、性能及使用效果的评价。同时还重点对文档、客户培训等产品支持能力作检查，在此时还要对所有的手册、文本作最后的定稿。

④ 验收测试。验收测试是在β测试基础上对所有发现的错误与不足进行修改确定后所进行的一种测试。它是以用户为主的测试，开发人员参与，由用户参加设计测试用例，并使用实际运行中的数据。

⑤ 测试结果的确认。在全部测试完成后，所有测试结果可分为两类：第一类是测试结果与预期相符，此时确认成功；第二类则是测试结果与预期不相符，此时需列出缺陷表并与开发者协调以解决问题。

（4）系统测试

系统测试是将通过了确认测试后的软件作为整个计算机系统的一个组成部分，与计算机硬件、外设、网络以及其他的软件、数据和人员结合在一起，在实际运行环境下所进行的一系列组装与确认测试。

在进行了以上四种测试后最终完成整个软件的测试工作，所有测试过程均需有相关文档，其细节在此处就不再作介绍了。

3.5.3　运行与维护

运行与维护是系统实现的最后一个阶段，在完成软件测试后一个软件就正式成为产品了，同时也可以正式向外发布并交给用户使用，此时用户将软件安装上并正式投入运行。

经过严格测试的软件一般情况下在运行时是不会有错误发生的，但是由于内部与外部的多种原因可以引发对软件的进一步修改，这就是所谓的软件维护。

软件维护可分为如下四种。

1．纠错性维护

在软件交付使用后由于开发测试的不彻底必然会隐藏部分错误，它被带到运行阶段，在某些特定环境下就会暴露出来，因此对这种错误的维护称为纠错性维护。

2．适应性维护

由于软件产品的外部平台与环境的变化（包括硬件、软件及数据）可能会引发软件内部的结构与编码的调整，此种维护称适应性维护，适应性维护是经常会产生的一种维护。

3．完善性维护

在软件使用过程中，用户可能会提出新的、更高的功能、性能以及界面等要求，此时需修改或扩充原有软件，这种维护可称为完善性维护。所要注意的是，一般完善性维护仅局限于局部、部分的完善，不能涉及整体、全局的完善，否则就需要重新修改需求分析并重启新的软件开发的生存周期了，这已不是维护所能解决的问题了。

4．预防性维护

预防性维护是为进一步改善软件的可维护性与可靠性，并为以后改进奠定基础的一种维护，这些维护包括逆向工程与重构工程等一些内容，预防性维护的实施目前并不多见。

在整个运行维护阶段，在最初的一两年内以纠错性维护为主，随着时间的推移，错误发现率也逐渐降低并趋于稳定，从而进入了正常使用期，然而随着环境的改变以及用户需求的进一步增强，适应性维护与完善性维护的工作量将逐步增长，而对这种维护的工作量增加又会引发新的纠错性维护。因此，对这后面的两种维护一定要慎重，至于预防性维护一般可以尽量少的进行。

从总体看来，这四种维护中纠错性维护是必需的，也是最重要的，但是其所占的比例并不大。图 3.46 给出了四种维护各自所占的比例，在此中可以看出其实比例最高的是完善性维护，它占 50% 左右，其次是适应性维护，它占有的比例为 25% 左右，而纠错性维护仅占 20%，当然预防性维护是最低的了，它仅占 5% 左右。图 3.47 给出了维护在整个软件生存周期所占的比例，它大概占 30%，这说明了维护在软件开发中的重要地位和作用。

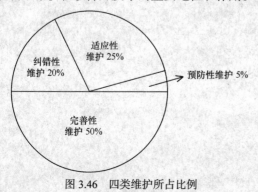

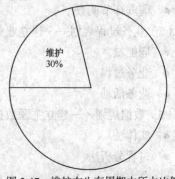

图 3.46　四类维护所占比例　　　　　　　图 3.47　维护在生存周期中所占比例

本章小结

本章主要介绍用结构化方法作信息系统的分析与设计。

1. 结构化方法的思想

- 软件是一个有组织、有结构的逻辑实体；
- 软件结构有三层，它们是系统层、子系统层以及程序体与数据体；
- 软件结构中各层彼此独立又相互关联。

2. 信息系统的结构化分析与设计步骤

（1）总体规划。

（2）系统分析。

（3）系统设计。

（4）系统实现：

- 编码
- 测试
- 运行维护

3. 总体规划

（1）目的：为软件系统作出一个战略的、宏观的、全局的方案。

（2）要求：构作一个宏观的结构模型。

（3）内容：

- 需求调查
- 模型建立
- 文档编写

（4）需求调查：

- 系统目标与边界
- 组织机构调查
- 业务流程调查
- 数据资源调查
- 设备资源调查
- 约束条件调查
- 薄弱环节调查

（5）业务过程规划——建立业务过程：

- 职能域
- 业务过程
- 业务活动

（6）数据规划——建立主题数据库：

- 实体法
- 过程分析法
- 分类法

（7）建立 U/C 矩阵与子系统规划。

（8）总体规划的结构模型。

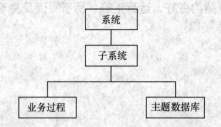

（9）总体规划文档。

4.　系统分析

（1）目的：给出系统"做什么"的详细描述。

（2）要求：构作一个与平台、环境无关的抽象模型。

（3）内容：

- 业务过程分析
- 主题数据库分析
- 文档编写

（4）业务过程分析方法：

- 数据流图（DFD）

（5）主题数据库分析方法：

- 数据字典（DD）

（6）系统分析文档。

5.　系统设计

（1）目的：给出系统"怎么做"的详细描述。

（2）要求：构作一个在一定平台上、满足一定条件的逻辑模型。

（3）内容：

- 系统过程设计
- 系统数据设计
- 文档编写

（4）系统过程设计：

- 以 DFD 及 DD 为依据作设计；
- 将系统分解成基本单元——模块；
- 描述模块功能与模块间接口——构作模块描述图；
- 建立模块结构图。

（5）系统数据设计：

- E-R 图——概念设计；
- 构作关系表——逻辑设计；
- 构作关系视图——逻辑设计；
- 建立约束：完整性与安全性约束——逻辑设计；
- 索引的参数设置——详细设计。

（6）系统设计文档。

6. 系统实现

（1）目的：给出一个系统源代码文本。

（2）要求：系统源代码应结构良好、运行正确、易于阅读及易于修改。

（3）内容：

- 编码
- 测试
- 运行维护

（4）编码：

① 要求：正确性、易读性、易修改性。

② 方法：

- 采用结构化程序设计方法；
- 遵从一定的程序设计风格。

（5）测试：

- 测试是为发现错误而执行程序的过程；
- 测试分黑盒测试与白盒测试两种；
- 测试分四个过程：单元测试、组装测试、确认测试与系统测试。

（6）运行与维护：

- 运行；
- 维护：纠错性维护、适应性维护、完善性维护与预防性维护。

7. 总结

（1）信息系统结构化分析与设计包括总体规划、系统分析、系统设计及系统实现四部分，而以前三部分为主体。

（2）贯穿分析与设计的是过程与数据两条线，它们是：

　　　　　　总体规划　　　　分析　　　　　　设计

过程：业务过程——DFD/DD——模块/模块结构图。

数据：主题数据库——E-R 图——关系表/关系视图。

（3）在结构化方法中过程与数据关系是以过程为中心的，通过 U/C 矩阵将其关联。

8. 本章重点内容

- 业务过程——DFD——模块/模块结构图。
- 主题数据库——DD——E-R 图/关系表/关系视图。
- U/C 矩阵。

习　题　3

3.1　试述结构化方法的主要思想。

3.2　试述结构化方法中的总体规划的主要内容。

3.3　什么叫业务过程？什么叫主题数据库？

3.4　试说明 U/C 矩阵的内容，并说明它的作用。

3.5　如何应用 U/C 矩阵划分系统？

3.6　试给出一个总体规划的模型。

3.7　试述结构化分析方法中的主要内容。

3.8　试介绍数据流图的主要内容。

3.9　试介绍数据字典的主要内容。

3.10　什么叫 E-R 模型？请说明之。

3.11　试介绍 E-R 图的内容。并举一例说明。

3.12　试述结构化设计方法的主要内容。

3.13　什么叫模块？试解释之，并说明它的特性与结构。

3.14　如何将数据流图转换成模块结构图？

3.15　试述结构化数据设计的主要内容。

3.16　如何将 E-R 图转换成关系表？

3.17　试述系统实现的主要内容。

3.18　试介绍测试的意义、内容与过程。

3.19　什么叫系统维护？系统维护共有哪几种内容？

3.20　请说明结构化分析、设计方法的优点与不足。

第4章
面向对象方法

本章介绍面向对象方法的基本思想与基本原理，并介绍如何用它构作数据模型，为后面的面向对象的分析与设计以及 UML 的分析与设计提供技术支撑。

4.1 概　　述

面向对象是一种方法，用这种方法不但可以认识客观世界，也可以表示客观世界。这种方法的特点是通过可构造的手段将客观要求表示出来，也就是说可用有限的构造手段与有限的步骤建立起一个客观世界的模型。它的这个特点使得它在计算机科学与技术中特别有用。计算机本身可构造的特点，使得用面向对象所构造的模型可以在计算机上立刻得到实现。因此，面向对象方法成为计算机科学与技术中一种有效的方法，它目前广泛应用于程序设计语言、人工智能知识建模、数据库的数据模型、图形及可视化界面的表示以及软件工程中的系统分析和设计等多个领域。它还应用于计算机的体系结构以及计算机网络结构中，甚至还应用在人机交互系统中。面向对象方法已成为计算机领域中一种广泛使用、普遍有效的方法。

面向对象（object oriented）一词中的"对象"（object），可解释为客观世界中的客体，而"面向对象方法"则可解释为以客观世界中的客体为注视目标的方法。这种方法与过去计算机领域中常用的一些方法大相径庭，如模块化方法、层次结构方法、网络结构方法等。这些传统方法一般均以计算机实现为主要目标，而较少考虑其客观世界的实际背景，这种方法可以统称为"面向计算机"（computer oriented）的方法。这些方法虽具有在计算机中易于实现的优点，但是由于距离客观世界实际较远，用这种方法建模，难度较大且难以反映客观实际。而面向对象方法则直接关注客观需求，以客观规律为依据建立模型，这种模型比较能反映客观实际要求，又易于建立。当然，这种模型在计算机实现时较为复杂，但通过计算机专业人员均可获得解决。目前多种面向对象工具的问世使得面向对象模型的计算机实现也变得很容易。建立模型主要是凭建模人员的经验与积累，用面向计算机方法建模由于与客观实际距离较远，所以建模困难，对建模人员的素质要求较高；用面向对象方法建模则符合客观实际，建模容易。图 4.1 给出了这两种方法的异同。

传统面向计算机方法的建模及计算机实现使用的具体方法很多。在整个系统实现过程中，往往采用不同方法使得接口繁多、转换困难。而在面向对象方法中采用面向对象的分析（OOA）与设计（OOD）以建立面向对象模型，又用面向对象的工具以使模型得以在计算机中实现，因此在整个系统实现过程中采用统一的面向对象方法，实现了接口无缝化与方法的一致化。在纵向方面，

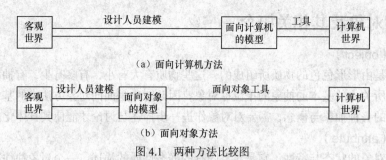

（a）面向计算机方法

（b）面向对象方法

图 4.1　两种方法比较图

面向对象方法在计算机硬件、软件、人工智能、人机界面系统中采用统一思想，将整个计算机体系构造成一体。

从上面的分析可以看出面向对象方法具有较好的反映客观世界的能力，可构造性强，建模方便，实现简洁，接口单一，因此在计算机科学与技术中成为一种较好的方法。又由于它的抽象性与普遍性，它在计算机领域得到了广泛应用。

4.2　面向对象方法的基本思想

面向对象方法是人类观察、分析客观世界的一种有效方法，其主要的思想如下。

① 从客观世界存在的事物出发构作系统，用"对象"（object）作为这些事物的抽象表示，并作为系统的基本结构单位。

② 对象有两种特性，一种是静态特性——称属性，另一种是动态特性——称行为（或称方法或操作）。

③ 对象的两种特性统一成一体构成一个独立实体（并赋予特定标识），对外屏蔽其内部细节（称为封装）。

④ 对象的分类，是将具有相同属性与方法的对象归并成类，类是这些对象的统一的抽象描述，类中对象称实例。

⑤ 类与类之间存在着关系，其中最紧密的关系是继承关系。所谓继承关系即是一般与特殊的关系。

⑥ 类与类之间还存在着另一种关系，称组成关系。所谓组成关系即是全体与部分的关系。

⑦ 类与类之间还存在着一种松散的通信关系，这种关系称为消息。

⑧ 以类为单位通过"一般/特殊结构"、"整体/部分结构"（以及"消息"连接）可以构成一个基于面向对象的网络结构图，此种图称为类层次结构图。

面向对象方法即是以客观世界为注视点应用上述八种手段，最终构成一种类层次结构图，这种图是反映客观世界的面向对象抽象模型，称面向对象模型。

4.3　面向对象方法的基本概念介绍

在本节中我们对面向对象方法的基本概念作较为详细的介绍，这种介绍仅涉及一般性原理而不涉及其在计算机领域、软件领域或数据库领域的语义（此方面的内容将在后面的章节中陆续介绍）。

4.3.1　对象及其相关概念

1. 对象（object）

客观世界是由形形色色的物质所组成的，这些物质有大有小，有多有少，有抽象有具体，它们之中为人们所关注的基本的抽象的单位称对象，因此对象是面向对象方法中的基本注视单位，它是客观世界的一种抽象与概念，需要对对象作进一步描述与讨论才能使其具体化。

2. 属性（attribute）

属性反映对象的状态与特性，它是对象固有的静态性质的描述。一个对象往往有多个属性，它们组成了属性集。如某公司经理是一个对象，可以用一些属性刻画或描述，这些属性可以有姓名、性别、年龄、职务、工作单位、工作地址、电话号码等。

有了属性描述后对象就开始具体化了。

3. 行为（behaver）

行为反映了对象的固有动态特性，它可以审视并改变对象内部状态。一个对象往往可有多个行为，它们组成了行为集。如某棵树是一个对象，它可有若干个行为，如吸收地层水分、光合作用、在内部进行养分传送等。

有了行为表示后，对象就更为具体化了。

4. 对象标识符（object identifier）

每个对象有一个名字，它是唯一的并且是由外界统一赋予的，称为对象标识符，简称 OID。对象标识符是对象的代表，它拥有对象的全部内涵与外延。对象标识符不是由对象内部性质确定，而是由外部按一定规则确定的。

一般一个对象是由一组属性与一组行为再冠以一个标识符所组成的，它们构成了对象的一组完整的描述。

对象有三个重要特性，它们是封装性、隐蔽性与稳定性。

5. 封装（encapsulation）

封装是面向对象方法中的一个重要原则，它有两重含义。第一个含义是对象的全部属性与行为是结合在一起的，是不可分割的整体，它们组成了对象内部静态与动态的有机活动实体。第二个含义是对象通过封装与外界隔绝，外界无法见到对象的内部表示。对象封装反映了客观世界物质的相对独立性，使得整个世界是在有序、一致的状态下活动。

6. 隐蔽（hiddening）与界面（interface）

对象表示分为内部与外部两种。一种是内部的属性与行为的捆绑，它通过封装，使得外部是不可见的，因此另外需有一种外部表示，称为对象界面，外部对对象的认识与通信都是通过界面实施的，界面实际上是若干个外部接口，它对外界是开放的并为外界所可见的，而对象封装屏蔽了外界对对象内部细节的了解（称为隐蔽）。对象隐蔽有利于将复杂处理简单化，使外部世界简化了对对象的认识与了解（仅需了解简单的界面，而不需了解复杂的属性与行为）。

7. 稳定性（stationary）

在对象内部的对象行为是建立在对象属性之上的，即是行为服务于属性或行为依赖于属性，这样在对象内部建立起了以属性为核心并以行为为附属体的稳定实体。如对某棵树，它有属性，树叶、树干、茎、树根等都是属性，相应的才有行为，如吸收地层水分（树根）、光合作用（树叶）及输送养分（树茎），它们构成了以树的属性为核心的稳定实体。

到此为止我们对对象有了一个较为全面的了解，所谓对象实际上是一个命名的并将其静态特性与动态行为捆绑于一体的封装实体，对象外部所见到的仅是它的界面，而无法见到其内部细节。图 4.2 给出了对象的结构示意图。

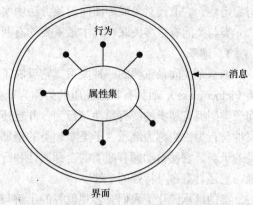

8．消息（message）

客观世界中对象间是相互关联的，即相互作用、相互沟通与相互影响。对象的相互关联方式通过消息实现。由于对象的封装性与隐蔽性，对象的消息仅作用于对象界面，再通过界面进一步作用于对象内部。消息的作用有三，其一是请求对象为其服务，其二是向对象传递信息并对对象操作，其三是反馈服务结果。

图 4.2　对象的结构示意图

消息一般由以下三部分组成。

① 接收者：表示消息所施加作用的对象。

② 操作要求：消息对对象的操作要求。

③ 操作参数：消息行使操作时所需的外部数据。

消息在提供对象使用时应规定格式，称为消息协议。消息建立了对象间的外部动态行为机制，而行为则建立了对象内部动态行为机制，这两者既有区别，又有联系。一个消息传递至对象界面后，由界面将其转换成内部行为进行操作，这种内、外部行为的结合与转换构成了对象群体间的整体行为完整与统一的协调与一致。

对象与封装紧密相关，各司其职，是互不相扰的独立单位，而只有消息为它们提供了唯一合法的动态联系途径，使它们的行为能互相配合，构成一个有机的活动体系。

4.3.2　类与类间的联系

面向对象方法的基本注视单位是对象，但是由于客观世界中的对象太多而不利于研究与讨论，所以有必要将其归纳、划分成若干类以便于讨论，这是人类认识与分析客观世界的常用方法，这就引出了类的概念。有了类以后，今后讨论与研究的基本实体就是由对象所组成的类，因此类是面向对象方法中的一个基本与重要的概念。

类是对象群体的一种共性抽象，俗话说："人以群分，物以类聚"，我们将对象群体中具有相同属性与行为的对象组成类。如可以将古今中外的所有人，他们具有共同的人的属性与行为而组成人的类，称人类；又如可以将从事生产性工作的属性与生产性劳动的行为的工人组成产业工人这个类。人类思维中众多的方法之一即是将事物的共有本质特性抽取而划分成类，从而形成了抽象概念，这是一种分类的过程，也是一种基本的归纳型思维过程。

类的出现简化了人们对客观世界的了解，众多复杂的对象因有了类而变得十分简单，使得我们可以对属于类的全体对象进行统一研究，而不必对每个对象作个别的复杂的研究。

有了类以后类与对象的关系如同模具与铸件之间的关系一样，类给出了属于该类全部对象的属性与行为的抽象定义，而此时类中的对象仅是符合这种类定义的一个实体而已，它称为类的实例（instance）。具体来说，实例仅由其标识符与相应属性值、行为的表示组成，而有关属性与行为的定义则统一抽象为类定义。

有了类以后，类中实例的属性与行为可作统一定义，同时类也可有统一界面，此时消息不仅可作为对象间的通信工具，更重要的是可以作为类间的通信工具，同时类也具有封装性、隐蔽性与稳定性，它取代对象成为面向对象方法中实际研究与讨论的基本抽象单位。

类与类间有很多关联，其中最重要的有两种，它们是继承与组合。

1. 继承

继承是类间最重要的一种关系，它反映了类间一般与特殊的关系。具有一般性质的类称为超类（super class），而具有特殊性质的类称为子类（sub class）。超类拥有子类中共同的属性与行为；而子类则拥有超类的所有属性与行为，并且还具有其独特的个性，即还有其自身的超类所没有的属性与行为，它称为继承。子类对超类的全部属性、行为的继承是隐式的，即只要某一类是另一类的子类，它便自动拥有超类的全部属性和行为。但是，子类又不是超类的全部模仿、复制与克隆，它还具有自身特殊的个性。

类的继承简化了人们对客观世界的了解与研究，如我们认识了灵长类动物的特性后在考虑人类时，我们把它作为灵长类动物的一个子类考虑，此时它理所当然地继承了灵长类动物的全部特性，对此部分可以忽略考虑，而只要把注意力集中于人类所特有的那些特性上去。

在大学中学生是一个类，它具有学号、姓名、性别、系别、年龄、入学时间等属性；而研究生也是一个类，它是学生的子类，它除了拥有学生的全部属性外还拥有独自的个性，如导师姓名、研究方向等。

类的继承具有下面四个特性。

（1）继承的传递性

设有 A、B、C 三个类，其中类 C 继承类 B，而类 B 继承类 A，此时必有类 C 继承类 A，继承的此种性质称为继承的传递性。如动物、哺乳动物与灵长类动物均为类，而其中灵长类动物继承哺乳动物，哺乳动物继承动物，此时必有灵长类动物继承动物。

（2）继承的单向性

设有类 B 继承类 A，则此时一定不存在类 A 也继承类 B。如研究生类继承学生类，此时学生类必不继承研究生类。

继承的上面两个特性说明了类的继承的单向层次性。

（3）继承的可重用性

可重用（reuse）是继承的重要特性。子类可以重用超类的全部资源，同时根据继承的传递性，它还可以重用其继承链的所有超类资源。

（4）继承的包含性

继承除了有类间一般与特殊的关系外，还有包含的关系，即灵长类动物继承哺乳类动物，此时灵长类动物必包含于哺乳动物中，亦即是说任一对象如它属于灵长类动物，则它必属于哺乳类动物，而且类中继承的包含关系一般而言是真包含关系。

类的继承一般分为单继承与多继承两种。

（1）单继承（single inheritance）

一个类如仅继承一个超类的属性与行为，则此种属性称为单继承，如图 4.3 所示的所有继承关系均为单继承。

（2）多（重）继承（multiple inheritance）

一个类如继承多个超类的属性与行为，则此种继承称为多继承或多重继承，在客观世界中多重继承的现象也是会经常出现的。

如图 4.4 中在职研究生既继承研究生的特性又继承教师的特性。

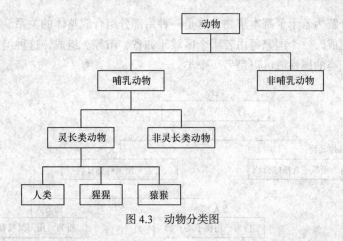

图 4.3 动物分类图

图 4.5 给出了又一例多重继承。

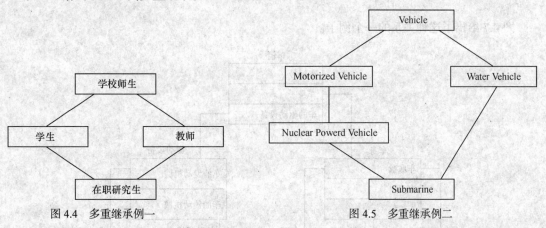

图 4.4 多重继承例一   图 4.5 多重继承例二

类的继承又分为完全继承（full inheritance）与选择继承（selective inheritance）两种。

（1）完全继承

凡子类继承了超类的所有属性与行为时，此种继承称为完全继承。

（2）选择继承

凡允许子类选择超类中的部分属性与行为作继承时，此种继承称为选择继承或称部分继承。目前一般大都采用完全继承，但也可以将其扩充至选择继承。

在类的继承中有一种很特殊的性质，由于它的重要性有必要作为一种单独的概念介绍，这就是多态性。

多态性指的是在类的属性与行为继承过程中，超类的属性与行为在子类中可以允许有不同的实现形式、方法与语义，这就是多态性。如在图 4.6 所示的类继承中，动物均有吃食物的行为，但是人类吃食物的方式与其他动物吃食物的方式大相径庭，人类以文明方式用工具吃食物而其他动物则用爪子直接吃食物。另外，同样是人类用工具吃食物，也有东方人与西方人之分，东方人用筷子吃食物，而西方人用刀叉吃食物。

多态性为对象与属性/行为间的复杂关系提供了灵活性，在计算机软件中为实现多态性需要有重载、重定义及迟联编等多种功能支撑，它们将在后面予以说明。

2. 组合

组合是类间另一个重要的关系，它反映了类间整体与部分的关系。我们知道，世界上任何复杂的事物总可以分解为若干个基本事物，这是一种由部分组合成整体的关系。如一台机器可以由若干零部件组合而成，一个国家可由若干个区域（如省、市等）组成，这种组合关系反映到类与类间即表现为一个类的属性域可以是另一个类。

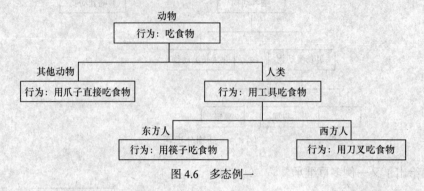

图 4.6　多态例一

图 4.7 给出了这种关系的一个例子。

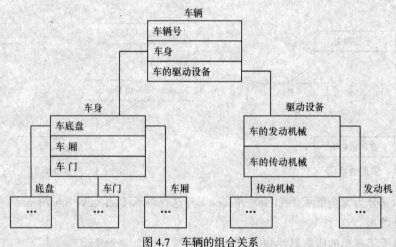

图 4.7　车辆的组合关系

在这个图中车辆由车身与驱动设备两部分组成，它通过车辆类与车身类的组合关系以及车辆类与驱动设备类的组合关系构成，而这种构成又是通过车身类作为车辆类的属性的值域表示。同样车身类是由底盘、车门及车厢三个类组成，而驱动设备类是由传动机与发动机两个类组成。

在类的组合关系中除了有部分组成整体的关系外，它还有如下两种语义。

（1）组合的嵌套性

类 A 与类 B 的组合，还反映了类 B 可以刻画类 A，它表示了类的嵌套性（nested）。

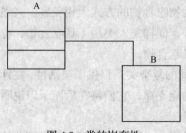

图 4.8　类的嵌套性

（2）组合的引用性

一个类有一组属性，而属性的值又是在另一个类的实例中，这种现象我们称为引用（reference）。引用也是组合的一种情况，它的语义超过了"整体与部分的关系"，因此组合关系的语义实际上比整体与部分关系的语义还要丰富。一般我们可以将引用分为弱引用（weak reference）与组合引用（composite reference）两种，其中弱引用是纯粹的类中实例引用，无任何"整体与部分关系"语义；而组合引用则是弱引用的扩充，具有"整体与部分关系"语义。

图 4.9 给出了类组合的另一个例子，在该图中用双线画的是弱引用，而用单线画出的则是具有"整体与部分关系"的组合关系。

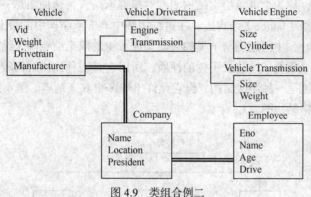

图 4.9　类组合例二

在该图中反映了类间的两种组合关系，但是在今后的叙述中我们并不细分这两种关系，且均称为组合关系。

组合从原则上讲具有单向层次性，但是在特殊情况下具有一定递归性，下面可用两个例子表示。

【例 4.1】　在图 4.8 中类 Employee 的属性 Drive 的值域可以是类 Vehicle，在加上这个组合关系后，该图就构成了一个具有循环形式的递归图。

【例 4.2】　设类 Course 有属性 $C^\#$、Cname 及预修课号 $PC^\#$，该 $PC^\#$ 的值域可以是类 Course，它构成了一个具有循环形式的递归图（见图 4.10）。

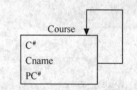

图 4.10　课程的递归组合图

4.3.3　面向对象的结构化方法

我们在前面讲过，面向对象方法具有结构化特点，即可用结构化手段建立客观世界模型，在本节中我们具体介绍面向对象的四种结构化方法。

1. 对象的分类

将客观世界中所关注的各种对象按其属性与行为划分成类，类是结构化方法中的基本元素，对象分类是面向对象结构化的第一步。

2. 类间继承结构

以类为基本元素建立一般与特殊类间的结构，它可以构成一种图结构形式，其详情可见后。

3. 类间组合结构

以类为基本元素建立整体与部分（包括嵌套/引用）间的结构，它也可以构成一种图结构形式，其详情可见后。

4. 消息连接

除了继承与组合两种结构外，类（对象）间还可以建立消息连接，消息连接是一种动态联系。

继承结构与组合结构是类间的固有语义的联系，而消息连接是一种非固定的动态联系，因此这是两种不同的结构方法。

根据上述四种结构化方法我们可以建立以类为基础，以继承、组合为构作手段的客观世界固有模型（称面向对象模型）如下。

以类为基本元素、以继承为类间结构手段可以构作一个类的继承结构。由于类的继承层次性，所以这种结构称为类继承层次结构。在类层次结构中以类为结点，以继承关系为弧线，可以构成一个图论中的连通图，称为类继承层次结构图。对单继承而言，这种图是一个树结构图，而对多继承而言则是一个网格（lattice）结构图。在树结构图中类继承结构中的最上端的超类是树的根，最下端的子类是树的叶，中间超类与子类的关系构成了树的双亲结点与子结点。在网格结构中，由于一个类可以有多个超类，这违反了树的性质，所以它是一种比树结构较为宽松的结构，称为网格结构。网格结构也是一种层次结构，但它允许出现多个双亲结点。图 4.11 给出了类继承层次结构图，这是一种网格结构图。

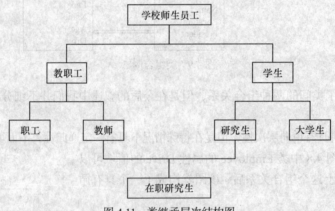

图 4.11　类继承层次结构图

以类为基本元素、以组合为类间结构手段可以构作一个类的组合结构，由于类的组合是一种层次结构，所以这种结构称为类组合层次结构。在类组合层次结构中以类为结点，以组合关系为弧线，可以构成一个图论中的图，该图称为类组合层次结构图。图 4.12 给出了它的一个例子。

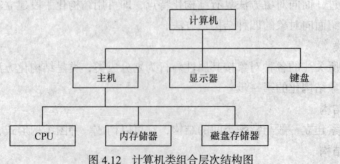

图 4.12　计算机类组合层次结构图

以类为基本元素、以继承与组合为类间结构手段可以构作一个类层次结构，进一步可构成类层次结构图，在这个图中为区分继承与组合的两种不同语义，我们分别用实线段与虚线段表示它们。图 4.13 给出了类层次结构图的一个例子。

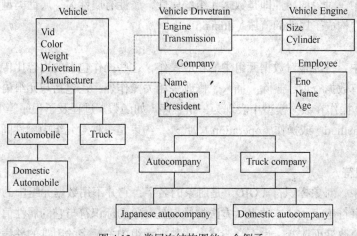

图 4.13　类层次结构图的一个例子

最后我们介绍面向对象中特别重要的一个概念，它就是对象与类的持久性。

对象与类都有其生存周期，如果对象或类的生存周期普遍较短，则称此种对象或类为挥发性（transient）对象或类；若对象或类的生存周期普遍较长，则称此种对象或类为持久性（persistent）对象或类。

这种区分在计算机软件中特别重要，在软件中面向对象程序设计语言中的对象与类其生存期不超过程序运行时间，因此它们均为挥发性对象与类，而要将对象与类长期保存，需要解决对象与类的存储、恢复、存取及共享等一系列技术，这就只能借助于面向对象数据库系统，因此对象或类的持久性的实现即是面向对象数据库系统的主要任务。

4.4　面向对象数据模型

在本节中作为一个应用典范，我们将应用面向对象方法于数据模型中构作面向对象数据模型（OODM，object oriented data model）。一个数据模型一般由数据结构、建立在其上的操作以及数据间的相关约束这三部分组成，其中数据结构由数据元组及相关属性组成，而操作则包括查询、增、删、改以及其他与结构有关的语义操作，约束则是数据间的一种逻辑表达式。下面我们讨论 OODM 的如下一些问题：

- 面向对象方法在数据模型中的语义解释；
- 面向对象数据模型的建立；
- 面向对象数据模型的功能分析。

下面就这几个问题逐步进行讨论。

4.4.1　面向对象方法在数据模型中的语义解释

1. 对象

在数据模型中，对象是数据库中的基本数据单位，亦即是具一定结构的数据元组及相应操作的封装体。

2. 属性

在数据模型中，对象的属性即是数据元组的属性，属性有属性名、属性类型及属性值，属性还有取值范围，它构成了属性的值域（domain）。

3. 行为

在数据模型中，行为是对数据元组中的相应操作，这些操作包含的内容比传统数据模型要丰富得多，它除了有数据查询、删除、插入、修改等相关操作外，还包括与元组语义有关的操作，如计算、推理等。操作在数据模型中表现为一组程序（如函数、过程及子程序等），行为在数据模型中称为方法（method）或操作（operation）。此外，约束是一种对元组中属性间的逻辑操作，因此也是一种行为。

4. 对象标识符

在数据模型中，对象标识符（OID）是对象的名字，它并不用数据元组中的键表示，而是由外界赋予的一组字符串表示。这种表示方法的优点是对象的标识符与它的属性值无关，因此对象标识符不因属性值改变而改变，也不会造成寻找数据元组中关键字的困难的弊病产生，因此对象标识符是一种比关键字更为先进的方法。

由上四种解释我们可以知道，在数据模型中对象是有一定结构的，它由属性所组成的数据元组及相应操作的封装体所组成，并有外界赋予的一个名字。

5. 类

在数据模型中，类是具有相同结构与操作的数据元组集合，它相当于关系数据模型中的关系（当然，关系中无方法、无标识符等概念）。在数据模型中的基本结构单位是类，它包括类内统一的结构与方法。在类中的对象此时称实例，实例可解释为满足类中结构与方法的对象，并有唯一的名字。在数据模型中类即是一组数据与程序的封装体。

6. 类的继承与组合

在数据模型中类的继承与组合反映了数据间一定的语义联系，其中继承关系反映了数据间的一般与特殊关系，而组合关系则反映了数据间的整体与部分关系。

7. 多态性

在类继承中子类继承超类的结构与方法，这种继承具有多态性，子类仅继承超类的接口表示。但子类中的方法可有它自己的实现手段，即有它自己实现的不同程序，此种现象称为方法重载（overloading）。此外，为提高方法灵活性，使方法的接口表示也能有一定机动能力，即方法参数类型也可以替换，即子类方法参数类型可以与超类的不同。如超类方法参数类型具实型而子类方法参数具整型，同时为提高属性定义灵活性，属性类型定义也可以替换，子类属性可以替换成与超类不一致的。上述两种变量类型替换功能，即子类属性与方法中变量类型可替换成与超类不一致的能力，称为重定义（over riding）功能。

多态与重载在计算机中具体实现时往往会遇到困难，最主要的是编译时与哪些方法联编的问题，这个问题往往需要在应用程序执行时才能决定，因此需要提供一种推迟联编的手段，即只有当应用程序执行到一定阶段后才与方法联编，这种手段称为迟联编或动态联编（dynamic binding）。迟联编为实现多态与重载提供了具体的实现手段。如在一个税务应用程序中，税收计算公式与营业额大小、征收对象性质有关，因此只有在应用计算营业金额及确定对象性质后才能决定，这就是为什么要实施迟联编的原因所在。

8．消息

消息建立了对象间或类间的通信联系，在数据模型中消息也是一组程序（可以是函数、过程或子程序等），它可以被类所调用并且可作用于另一个类，即调用另一类中的方法。

消息是一组程序，方法也是一组程序，所不同的是消息建立了类间联系与操作，它可被类所调用，而方法仅涉及类内操作，它一般被消息所调用。

9．类层次结构

在数据模型中，类层次结构建立了数据的全局结构（包括类结构类间继承与组合关系）与数据的操纵及约束（包括类中方法），因此类层次结构可以全面表示数据模型。

10．持久性

在数据模型中对象与类的持久性即表示保留在二级存储设备中的数据与数据集，它即是数据库；而面向对象中的持久性即是 OO 数据库；而对象与类的挥发性即表示仅保留在内存中的数据与数据集，它是程序设计语言中的数据，随着程序执行的结束而中止。

4.4.2　面向对象数据模型及功能

面向对象数据模型即是用面向对象方法所建立的数据模型，它包括数据结构，建立在结构上的操作以及建立在结构上的约束，我们一般可以用面向对象方法中的类层次结构表示 OODM，其具体解释如下。

1．数据结构

用对象与类结构以及类间继承与组合关系建立数据间的复杂结构关系，这种结构的语义表示能力远比数据库中的数据结构（如关系数据库中的二维表结构）要强。

2．结构上的操作

用对象与类中的方法以构作结构上的操作，这种操作语义范围远比传统数据模型要强，如可以构作一个圆形类，它的操作除了可以查询、增、删、改外还可以有圆形的放大/缩小，图形的移动，图形的拼接等，因此 OODM 具有比传统数据模型更强的功能。

3．约束

约束也是一种方法，一般讲它是一种逻辑型的方法，即是一种逻辑表示式，因此也可以用类中方法表示模式约束。

OODM 是一种比传统数据模型更为优越的模型，它具体可归结为如下几个方面。

① OODM 是一种层次式的结构模型，它是以类为基本单元、以继承与组合为结构方式所组成的图结构形式，这种结构具有丰富的语义，能表达客观世界复杂的结构形式。

② OODM 是一种将数据与操作封装于一体的结构方式，从而使 OODM 中的类具有独立运作能力的实体，它扩大了传统数据模型中实体集仅是单一数据集的不足。

③ OODM 具有构作多种复杂抽象数据类型的能力。我们知道数据类型是一种类，如实型是一种类，它是实数结构与实数操作所组成的类，因此我们可以用构作类的方法构作数据类型，从而可以构作成多种复杂的数据类型，称为抽象数据类型（abstract data type），简称 ADT。如我们可以用类的方法构作元组（tuple）、数组（array）、队列（list）、包（bag）以及集合（set）等，也可用类的方法构作向量空间等多种数据类型，从而使数据类型大为扩充。

面向对象类层次结构图既是一种概念模型又是一种逻辑模型，它将抽象模型与具体的数据库有机地融合于一体，这也构成了 OODM 的独特性质。下面我们给出面向对象数据模型与关系模型的异同对照表，见表 4.1。

表 4.1 两种模型的对照表

序　号	内　容	关系数据模型	面向对象数据模型
1	基本数据结构	二维表	类
2	数据标识符	键	OID
3	静态性质	属性	属性
4	动态行为	无	方法
5	抽象数据类型	无	有
6	封装性	无	有
7	数据间关系	联系	继承、组合（消息）

由以上比较可以看出两种模型能力的强弱。

4.5　图形的面向对象模型

可以用面向对象方法建立图形的面向对象模型。首先用类表示图元，其次用类层次结构表示图形中的面与层，最后用类层次结构模型表示图形。

1．类与图元

图形是由图元组成的，在面向对象表示中图元可用类表示，下面用类逐一表示图元（本应用主要讨论二维图形）。

（1）点（point）

点可用笛卡儿坐标中的一个点（X，Y）表示，并附一个标志 Pno。点还可作移动操作，因此，点是一个类，它的属性与方法如图 4.14 所示。

（2）线（line）

线有若干种，它们是直线与曲线，而曲线又分为圆（弧）、椭圆（弧）、双曲线（弧）、抛物线（弧）及通用二次曲线（弧）等，现分别介绍。

① 直线（line）与直线段：一条直线可用平面上两点（X_1，Y_1），（X_2，Y_2）及其标志 Lno 表示，在必要时直线还可给出一个方向 Id。对直线还可以作移动、旋转及拼接操作。直线是一个类，它的属性与方法如图 4.15 所示。

图 4.14　点的属性与方法

图 4.15　直线的属性与方法

直线中的一段是直线段，直线段有两个端点（X_1'，Y_1'），（X_2'，Y_2'），这两个点必须满足约束条件，即此两点必须在直线上，此约束条件称 LIC_1。对直线段可作直线的所有操作。直线段是一个类，它的属性与方法如图 4.16 所示。

② 圆（circle）与圆弧：一个标准的圆是由圆心（a，b）与半径 r 决定的，其方程式为：

$$(x-a)^2 + (y-b)^2 = r^2$$

再加上圆标识 Cno 与方向 Cd。此外，对圆可以作移动、放大、缩小操作。圆是个类，它的属性与方法如图 4.17 所示。

图 4.16　直线段的属性与方法

图 4.17　圆的属性与方法

圆弧是圆中的一段，它有两个端点（x_1，y_1），（x_2，y_2）。这两个点也必须在圆上，它构成约束条件 CIC_1，此外也可作圆的放大、缩小、移动操作以及拼接操作。同样圆弧也是类，它的属性和方法如图 4.18 所示。

③ 椭圆（ellipse）与椭圆弧：一个标准的椭圆方程式为：

$$\frac{(x+a)^2}{r^2} + \frac{(y+b)^2}{r^2} = 1$$

再加上椭圆标识 Eno 与方向 ed，此外对椭圆还可作放大、缩小、移动、旋转等操作。椭圆是类，它的属性与方法如图 4.19 所示。

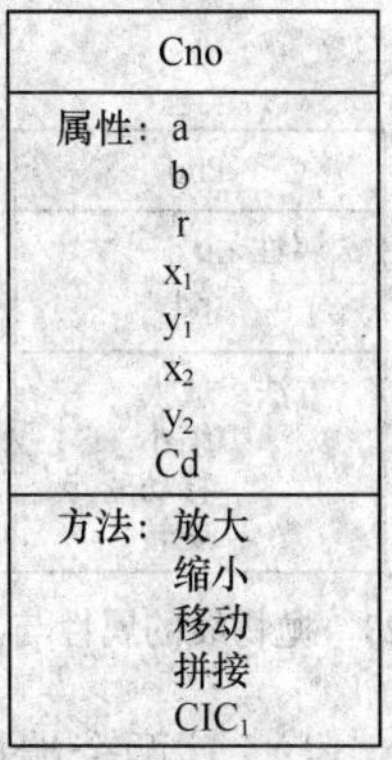

```
        Cno
属性：a
      b
      r
      x₁
      y₁
      x₂
      y₂
      Cd
方法：放大
      缩小
      移动
      拼接
      CIC₁
```

图 4.18　圆弧的属性与方法

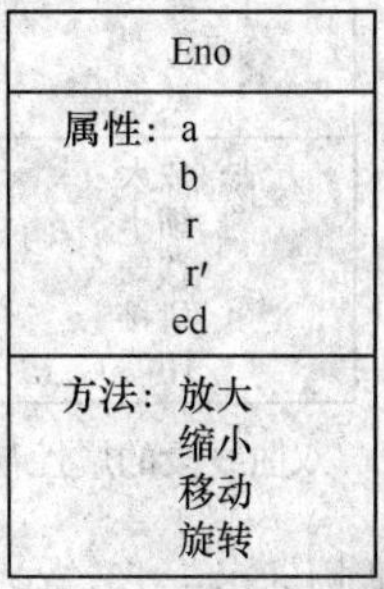

```
        Eno
属性：a
      b
      r
      r′
      ed
方法：放大
      缩小
      移动
      旋转
```

图 4.19　椭圆的属性与方法

椭圆弧是椭圆的一段，它有两个端点（x_1，y_1），（x_2，y_2），这两个端点也须满足约束条件 EIC_1，椭圆弧也可对其作椭圆的操作且还有拼接操作。同样椭圆弧也是类，它的属性与方法如图 4.20 所示。

④ 双曲线（hyperbola）和双曲线段：一个标准的双曲线方程式为：

$$\frac{(x-a)^2}{r^2} - \frac{(y-b)^2}{r^2} = 1$$

再加上双曲线标识 Hno 和方向 hd。此外，对双曲线还可作放大、缩小、移动、旋转等操作。双曲线是类，它的属性与方法如图 4.21 所示。

Cno
属性：a 　　　b 　　　r 　　　r′ 　　　x_1 　　　y_1 　　　x_2 　　　y_2 　　　ed
方法：放大 　　　缩小 　　　移动 　　　拼接 　　　EIC_1

图 4.20　椭圆弧的属性与方法

Hno
属性：a 　　　b 　　　r 　　　r′ 　　　hd
方法：放大 　　　缩小 　　　移动 　　　旋转

图 4.21　双曲线的属性与方法

双曲线段是双曲线的一段，它有两个端点 (x_1，y_1)，(x_2，y_2)，这两个端点也须满足约束条件 HIC_1，也可对双曲线段作双曲线的操作且还可作拼接操作。双曲线段是类，它的属性与方法如图 4.22 所示。

⑤ 抛物线（parabola）和抛物线段：一个标准的抛物线方程式为：

$$y^2 = 2px$$

再加上抛物线标识 Pno 和方向 pd。此外，对抛物线还可作放大、缩小、移动、旋转等操作。抛物线是类，它的属性与方法如图 4.23 所示。

Hno
属性：a 　　　b 　　　r 　　　r′ 　　　x_1 　　　y_1 　　　x_2 　　　y_2 　　　hd
方法：放大 　　　缩小 　　　移动 　　　拼接 　　　HIC_1

图 4.22　双曲线段的属性与方法

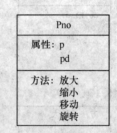

Pno
属性：p 　　　pd
方法：放大 　　　缩小 　　　移动 　　　旋转

图 4.23　抛物线的属性与方法

抛物线段是抛物线的一段，它有两个端点 (x_1，y_1)，(x_2，y_2)，这两个端点也须满足约束条件 PIC_1，也可对抛物线段作抛物线的操作且还可作拼接操作。抛物线段是类，它的属性与方法如图 4.24 所示。

⑥ 二次曲线（curve）及其线段：一个任意的二次曲线方程式是：

$$ax^2 + bxy + cy^2 + dx + ey + f = 0$$

再加上其标识 Cuno，方向 Cud。此外，对它还可作放大、缩小、移动、旋转等操作。一个任意的二次曲线是类，它的属性与方法如图 4.25 所示。

二次曲线段是二次曲线中的一段，它有两个端点 (x_1, y_1)，(x_2, y_2)，这两个端点也须满足约束条件 $CUIC_1$，可对此线段作二次曲线的操作且还可作拼接操作。同样，二次曲线段是类，它的属性与方法如图 4.26 所示。

图 4.24　抛物线段的属性与方法　　图 4.25　二次曲线的属性与方法　　图 4.26　二次曲线段的属性与方法

2. 图元的结构模型

图元分点与线，而线又分为直线与曲线，曲线又分为圆、椭圆、双曲线、抛物线及二次曲线，这样就组成了一种图元的层次分类结构，如图 4.27 所示。

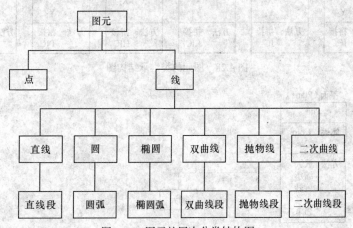

图 4.27　图元的层次分类结构图

图元的这种结构反映出它们间的继承关系，七种图元可以构成如下的继承层次结构模型，如图 4.28 所示。在此图中可以提升出两个超类：一个是线类 C，它抽取了直线与曲线的共性；另一个是图元类 A，它是所有图元的共同抽象。这个超类在理论上有意义，但在实际使用中一般意义不大。

3. 类层次结构与面（plane）

在图形中面是由若干条线（C-set）组合而成的封闭体，面内可以着色。每个面有一个唯一的标识（Pno），同时对面可以作放大、缩小、旋转、移动等操作。此外，组成面的线必须满足封闭性约束 $PLIC_1$。面是一个类，它由线组成，并与线建立组合关系，故而可以用一个类层次结构表示，如图 4.29 所示。

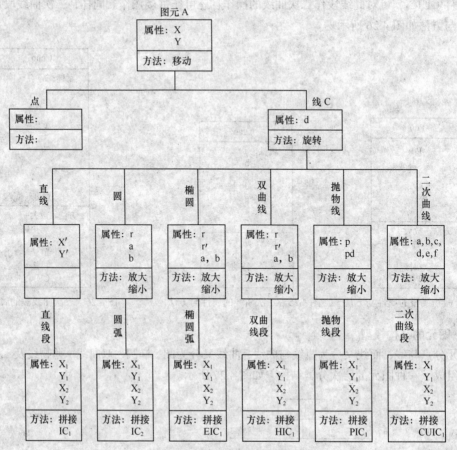

图 4.28　图元的类继承结构图

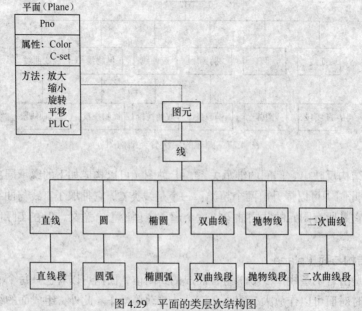

图 4.29　平面的类层次结构图

4. 类层次结构与图层（layer）

由若干个点、线、面可组成一个图层，每个图层有一个唯一标识（Lano），层上一般无操作。层是一个类，它与点、线、面都有组合关系，因此层可用一个类层次结构表示，如图 4.30 所示。

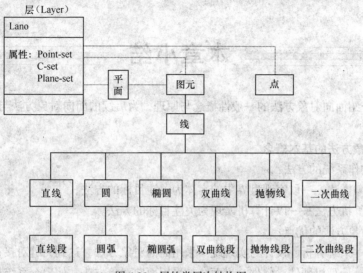

图 4.30　层的类层次结构图

5. 类层次结构与图（graph）

一幅完整的图由若干层组成，每幅图有一个唯一的标识（Gno），图上一般无操作。图是一个类，它与层有组合关系，而层又与点、线、面有组合关系，线与直线及各类曲线有继承关系。这样，一幅完整的图可用一个类层次结构模型表示，如图 4.31 所示。

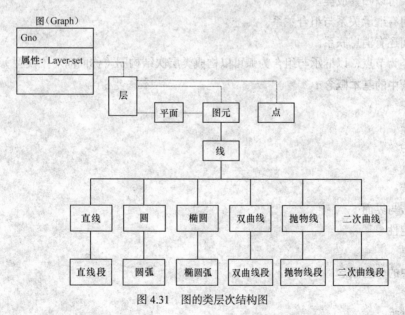

图 4.31　图的类层次结构图

用面向对象模型描述图形应用其效果极好，从上面所描述的模型可以看出面向对象模型对于复杂客体的表示是其他模型所无法比拟的。

由于面向对象模型结构的灵活性，以图 4.31 所示的模型为基础还可以进一步修改与扩充模型，如可以在图中增加文字说明及图像表示，还可以增添语音等功能，从而可构成一个多媒体的面向对象模型。

面向对象模型是一个较完整、较好的模型，以它为核心可以用面向对象的工具实现图的各种应用。

本章小结

本章主要介绍面向对象方法的一般性概念与原理，为后续的面向对象方法与 UML 方法做基础性准备。

1. 面向对象方法的基本概念

（1）两种构作系统的方法：

- 面向对象方法——以客观世界中的客体为关注目标的方法；
- 面向计算机方法——以计算机实现为关注目标的方法。

（2）面向对象方法的优点：

- 横向——系统分析、设计与实现统一采用面向对象方法，达到无缝对接；
- 纵向——计算机硬件、软件、界面统一采用面向对象方法，使整个系统构成一体。

2. 面向对象方法的基本思想

- 以对象作为认识世界的基础。
- 对象由属性与行为组成。
- 对象是封装的。
- 对象可以归并成类。
- 类间有继承关系与组合关系。
- 类间还有消息联系。
- 以类为节点，以继承与组合为弧可以构成类层次结构图（称面向对象模型）。

3. 对象中的基本概念

- 对象
- 属性
- 行为
- OID
- 封装
- 隐蔽与界面
- 稳定性
- 消息

4. 类中的一些概念

- 类
- 类继承
- 类组合

5. 面向对象的结构化方法

- 对象的分类

- 类的继承层次结构
- 类的组合层次结构
- 类层次结构

6. 面向对象数据模型

- 数据模型——数据结构，及结构上的操作与约束；
- 面向对象数据模型语义解释；
- 面向对象数据模型——类层次结构。

7. 本章重点内容

- 面向对象结构化方法

习　题　4

4.1　什么叫面向对象方法？请说明之。

4.2　试述面向对象方法的基本思想。

4.3　试介绍下列词语的基本概念：

（1）对象　　　　　　　　　　（5）封装

（2）属性　　　　　　　　　　（6）隐蔽与界面

（3）行为　　　　　　　　　　（7）稳定性

（4）对象标识符　　　　　　　（8）消息

4.4　试述类的基本概述。

4.5　试介绍类继承的基本内容。

4.6　试介绍类组合的基本内容。

4.7　什么叫类继承层次结构？什么叫类组合层次结构及类层次结构？试作出解释。

4.8　什么叫数据模型？请作简要说明。

4.9　请给出面向对象方法在数据模型中的语义解释。

4.10　请给出关系数据模型与面向对象数据模型的异同。

4.11　请给出一个面向对象模型的实例（不能与书中实例内容相同）。

第5章
信息系统的面向对象的分析与设计方法

　　应用面向对象技术对信息系统分析与设计是当前发展的主流，它大致分为两个发展阶段，其初期阶段是以面向对象的静态结构表示作为分析与设计的主体，此种方法由 Coad 和 Yourdon 首先开创，因此称 Coad&Yourdon 方法。该方法流行于 20 世纪 90 年代，自 UML 兴起后，用 UML 对信息系统作分析与设计已成为当今最为有效的方法。

　　UML 是一种面向对象建模语言，它集成了面向对象中的静态结构与动态变化于一体，并且用图形方法表示，使得系统分析与设计成为一种统一的、标准的方法。UML 方法于 21 世纪初开始流行，它是 Coad&Yourdon 方法的扩充与延伸，而 Coad&Yourdon 方法则是 UML 方法的基础。

　　目前这两种面向对象的系统分析与设计方法均在流行与使用，它们适应不同的对象与环境。一般而言，Coad&Yourdon 方法适应于以描述静态结构为主体的系统，而 UML 方法则适应于全面性描述（包括静态结构与动态变化）的系统。

　　在本章中主要介绍面向对象中的 Coad&Yourdon 方法的系统分析与设计，而在下一章中则主要介绍面向对象中的 UML 方法的系统分析与设计。

5.1　信息系统的面向对象分析与设计流程

　　信息系统中一个核心问题就是分析与设计一个能满足用户的要求、性能良好的信息系统，这就是信息系统的分析与设计的主要任务。

　　信息系统分析与设计的基本工作是根据用户的信息需求、处理需求以及信息系统支持环境（包括硬件环境、操作系统、软件环境以及 DBMS 等）设计出数据模式与数据模型。所谓信息需求主要是指用户对象的数据及其结构，它反映数据的静态要求。所谓处理需求表示用户对象的数据处理过程和方式，它反映数据的动态要求。以此两者为基础作分析与设计，其最终的结果产物是信息系统模型。在信息系统分析与设计中是有一定的制约条件的，它包括用户需求的制约与系统支撑平台的制约（其中包括硬件平台及软件平台），因此信息系统的分析与设计即是在一定条件制约下，根据信息需求与处理需求，按一定的步骤与规范操作，最后能得到一个符合需求、性能良好的信息系统分析模型与一个信息系统设计模型。

　　信息系统分析与设计的方法有多种，如面向处理的方法（process oriented approach）、面向数据的方法（data oriented approach）、信息模型方法（information model approach）及面向对象方法（object oriented approach）等，但是经过多年的比较、分析与研究后，人们发现在这几种方法中面向对象方法是最为优越的一种，其主要理由如下。

　　① 前面三种方法所注视的焦点都有所偏颇，其中面向处理的方法侧重于功能的描述而忽略数据的组织，而面向数据的方法与信息模型则侧重于数据描述而忽略功能分析，而只有面向对象方法则是数据与处理功能的全面描述，并且相互依赖构成封装实体。因此从反映客观世界能力的角度看，面向对象方法较为客观与全面。

　　② 面向对象方法在整个信息系统实现的流程中都可以贯彻实施，包括系统分析、设计与实现等多个阶段都可统一使用面向对象方法，从而实现了接口无缝化（seamless）与方法的一致化。而前面三种方法则仅是一种局部实施方法，无法在整个实施流程中统一使用，需要采用多种接口与转换技术，从而使整个实施流程变得非常复杂与困难。

　　基于上述理由，用面向对象方法分析和设计信息系统已成为目前最常用的方法。

　　在信息系统的面向对象分析与设计中目前的开发过程可分解成目标独立的若干个阶段：

- 需求阶段（又称问题域）
- 分析阶段
- 设计阶段
- 实现阶段

1. 问题域

　　它是客观世界对信息系统的需求反映，包含功能的需求反映、信息的需求反映以及性能的需求反映，并有明显的边界划分，用以确立整个系统所关注的目标以建立系统所考虑的范围的宽度与深度。同时它还反映系统所确定范围的周边环境，包括上/下、左/右、入/出、内/外等多种关系，从而建立系统的整体联系。

　　以上这些构成了系统的问题域，它需要进行详细调查与资料搜集。

2. 面向对象分析阶段

　　此阶段以问题域为基础，利用面向对象方法分析问题域中的需求，最后建立一个面向对象方法中的类层次结构模型。这是一种抽象模型，仅与问题域需求有关而与系统平台无关，此种模型也称面向对象概念模型或面向对象分析（object oriented analysis）模型，简称 OOA 模型。

3. 面向对象设计阶段

　　此阶段以面向对象分析模型为基础，在其上作适当的面向对象的扩充（包括持久与挥发两种类的出现）与细化，最终建立一个面向对象方法中的较为详细的类层次结构模型。这是一种与系统平台有关的模型，此种模型也称面向对象逻辑设计或面向对象设计（object oriented design）模型，简称 OOD 模型。

4. 面向对象设计的实现

　　此阶段以面向对象设计模型为基础，在其上用面向对象的工具，包括 OODBMS OOPL 以及基于 OO 的人机界面开发工具以实现信息系统。考虑到在系统实现中有持久类、挥发类两种不同的类出现，因此需要同时使用具持久类能力的 OODBMS 与具挥发类能力的 OOPL 及人机界面开发工具。

　　上面四个阶段可以用图 5.1 表示。

　　在上述的四个阶段中我们重点讨论面向对象分析与面向对象设计两个阶段，而问题域仅是一个过程的起始点，因此就不作详细介绍了。下面

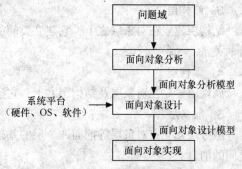

图 5.1　面向对象分析、设计的四个阶段

的三节我们仅介绍面向对象分析、设计与实现这三个部分。

5.2 面向对象分析

5.2.1 面向对象分析概述

面向对象分析的任务是用面向对象方法对问题域作分析，其最终结果是给出面向对象分析模型——类层次结构模型，包括类层次结构图及相关的文档说明。

面向对象分析的方法自 20 世纪 70 年代以来逐步发展至今已有近 30 年的历史，并已发展成多种不同的方法，常用的有五种，它们是：

- Booch 分析方法
- Coad & Yourdon 分析方法
- Jacobson 分析方法
- Rambaugh 分析方法
- Wirfs-Brock 分析方法

在这五种方法中以 Coad & Yourdon 方法最为常用，在本节中我们主要介绍此种方法。

在 Coad & Yourdon 分析方法中我们采用由顶向下的办法，即由问题域出发，由宏观到微观逐步分析，经过五个层次最终获得分析模型。

Coad & Yourdon 方法的五个分析层次是：

- 主题层——定义主题（subject）；
- 对象层——标识对象（object）；
- 结构层——标识结构（structure）；
- 属性层——定义属性（attribute）；
- 服务层——定义服务（service）。

为便于记忆，可将上面五个步骤缩写成 SOSAS，其大致内容分别介绍如下。

1. **主题层**

主题层是 Coad & Yourdon 分析方法的第一层，它将复杂的问题域按内在的联系划分成若干个区域以便于进一步考虑与分析，这种区域称为主题。

2. **对象层**

对象层又称类层，它是对每个主题作分析，得到若干个类，类是面向对象分析的基本单位。

3. **结构层**

结构层建立在对象层之上，它建立类间的继承与组合关系，即类间的一般与特殊、整体与部分的关系。

4. **属性层**

属性层建立在对象层及结构层之上，它建立类内的属性以及类间的引用关系。

5. **服务层**

服务层建立在对象层等前面四个层的基础之上，它建立对象的动态行为，包括类内的方法与类间的消息。

经过上述五个层次的由顶向下的分析后，最终可得到面向对象的类层次结构模型，它包括类层次结构图与相关文档。

下面我们对上述五个层次逐一加以说明。

5.2.2　主题层

主题层的主要工作是划分主题，它将复杂的问题域按内在关系的疏密划分成若干个主题，每个主题有单一含义，在每个主题内具有高内聚性，而主题间具有低耦合性，同时主题划分又有一定的随意性，其主要目的是使得复杂的问题域经过划分后变成较为简单、含义单一的主题，从而将问题由复杂向简单转化。

主题划分是一个分析过程，它的划分示意可见图 5.2。

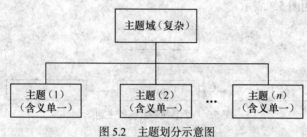

图 5.2　主题划分示意图

主题的划分可为分析人员提供比对象与类层次更高、力度更大的抽象手段，使它们可在类层次之上建立系统的视图，因此主题不是类，也不是类层次结构，它是介于这两者之间的一种中间体，它的目的是为了帮助分析人员分析，而不是分析模型中的实体，一旦模型建立它的主要使命即运行结束。

主题将使分析人员注意力由问题域转向主题，从而降低了分析难度，这是划分主题的主要目的。

主题由主题图及主题表示两部分组成。其中主题表示由主题编号、主题名及其解释三部分组成，它是有关主题的说明；而主题图则用图的形式表示主题划分，它由两部分组成。

① 主题：主题用矩形表示，内部并标以编号（有时也可标以主题名）。

② 主题间的联系：有语义联系的主题可用双向实线相连。

下面我们用两个例子自始至终（自分析至设计）贯穿其间以说明面向对象分析、设计方法的整个过程。

【例 5.1】　传感器（sensor）系统的分析

本例是监测传感器并报告相应状态的系统，其问题域可陈述如下。

每一个标准的传感器可由它的机型（生产者和型号）、初始化序列（发送给传感器去初始化）、变化（比例因子、偏差或测量单位）、采样间隔、地点、状态（开、关或挂起）、当前值和报警阀来描述。另外，临界的传感器还可由容忍度（对采样间隔的容忍度）来描述。

在此例子中由于问题域较为简单，所以不需要划分主题。

【例 5.2】　登记发照（registration and title）系统的分析

本例是一个车辆的登记发照工作的系统，其问题域可简要陈述如下。

车辆登记发照机关负责居民车辆的登记及牌照发放工作，具体工作是工作人员首先登记，登记完后符合要求者即发放牌照，在此工作中需记录有关车辆登记信息即牌照记录信息。该机关的服务对象是车主，而登记/发放对象则是车辆。

在此例子中可以有若干个主题，它们是：

编号	主题名	说明
1	Staff	机关及工作人员
2	User	用户（即车主）
3	Legal Event	登记发照工作
4	Vehicle	车辆

在问题域中有若干联系，它们是：

Staff 与 Legal Event 间的联系；

User 与 Legal Event 间的联系；

Vehicle 与 Legal Event 间的联系。

此例的主题图可用图 5.3 表示。

图 5.3　登记发照系统的主题图

5.2.3　对象层

在主题层中将复杂的问题域分解成为较简单的主题，然后以主题为单位作分析，在主题中分解出若干个对象类。对象类是具有独立语义的数据与方法的封装实体，它在系统中具有相对的稳定性，对象类是系统的基本工作单位，它的划分对系统具有重要意义。

对象类有对象名标识，其对象图由有关标以对象名的矩形组成，其位置在相应主题内。对象矩形内有三部分，分别用横线隔开，一是对象名，二与三暂时是空，分别留作表示对象属性与方法之用。

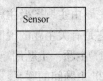

图 5.4　传感器系统对象图

在例 5.1 中传感器系统仅有有关对象类 Sensor，它可用图 5.4 表示。

在例 5.2 中登记发证系统的对象类分别为：

主题	对象类
Staff	Organization，Clerk
User	Owner
Legal Event	Registration，Title
Vehicle	Vehicle

而该例的对象图可表示成如图 5.5 所示。

注意，自对象层起，主题图中的主题间联系可省略。

5.2.4　结构层

在对象层基础上可以建立对象类之间的分类、继承与组合关系。

1．对象类的分类与继承关系

在对象层中的对象类之间可以出现一般与特殊的关系，它们之间可以构成继承（inheritance）结构。

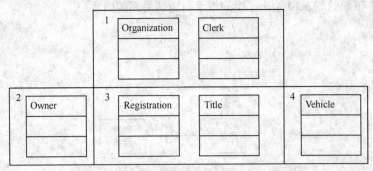

图 5.5　登记发证系统对象图

同时，在对象层中一般可以得到基本的对象类，但是这些对象类往往需进一步分解成若干个子类或抽象成若干个超类，从而可以得到一些新的超类或子类，同时在它们之间可以建立继承关系。

因此，在结构层中首先可以将原有对象层中的对象类作进一步扩大，进而可以在某些类间建立继承关系。

在结构层中，对象类间的继承关系可以用如下的图示形式表示（见图 5.6）。

在图 5.6 中表示类 B 与类 C 是类 A 的子类，它们继承类 A 的属性与方法。

2. 对象类间的组合关系

在对象层中的对象类间还存在着组合（composition）关系，从语义上看它包括下面的内容。

（1）组装关系

此种关系即是整体与部分的关系，也可称为 Ispartof 关系，此种关系是一种单向关系，还存在着 $1:1$、$1:n$ 及 $n:m$ 三种函数对应，它可用图 5.7 所示的形式表示。

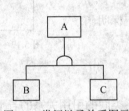

图 5.6　类间继承关系图示

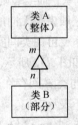

图 5.7　类间组装关系图示

在图 5.7 中表示类 A 由类 B 组装而成。

下面用几个例子表示它们。

【例 5.3】　下面的图 5.8 及图 5.9 给出了类间组装的简单例子。

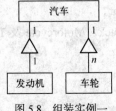

图 5.8　组装实例一

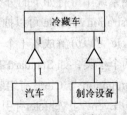

图 5.9　组装实例二

【例5.4】 下面的图5.10给出了类间继承与组装关系的图示一。

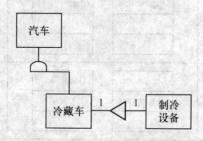

图5.10 类间继承与组装关系的实例一

【例5.5】 下面的图5.11给出了类间继承与组装关系的图示二。

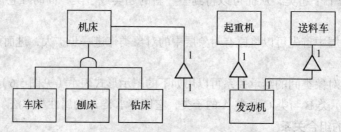

图5.11 类间继承与组装关系的实例二

（2）引用关系

引用关系建立了对象类间的某种固定联系。引用也可称为连接，它的语义类似于E-R方法中的联系（relationship）。引用关系与组装关系都是组合关系，但它们之间有着一定的语义区别，引用关系是类间的一般性联系，而组装则有着特定的Ispartof语义。

类间引用关系一般讲是无向的，它们间存在着$1:1$、$1:n$及$n:m$的函数关系，可用类间实线段表示，并在线上标明函数关系，其表示图如图5.12所示。

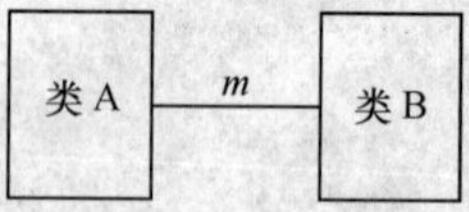

图5.12 类间引用关系图示

此图表示类A与类B间存在着$n:m$的引用关系。

下面用几个例子表示它们。

【例5.6】 图5.13（a）、（b）、（c）及（d）给出了类间的引用关系的若干例子。

【例5.7】 图5.14给出了类间继承与引用关系的图示。

在例5.1与例5.2中，结构层可以构作如下。

在传感器系统中可以有相关分类结构,它反映的是两种传感器——临界传感器与标准传感器,此时其图示法如图5.15所示。

在登记发照系统中可有如下的分类、继承及组合结构。

① 类Registration与Title可以抽取有关超类Legal Event。

② 类Vehicle可以分解成若干个子类，如Passeger、Truck、Motorcycle及Trailer；而Trailer又可以分解成两个子类，如Standard Trailer及Travel Trailer。

③ 类Organigation与Clerk有组装关系。

④ 类Legal Event与Vehicle有引用关系。

⑤ 类Legal Event与Owner有引用关系。

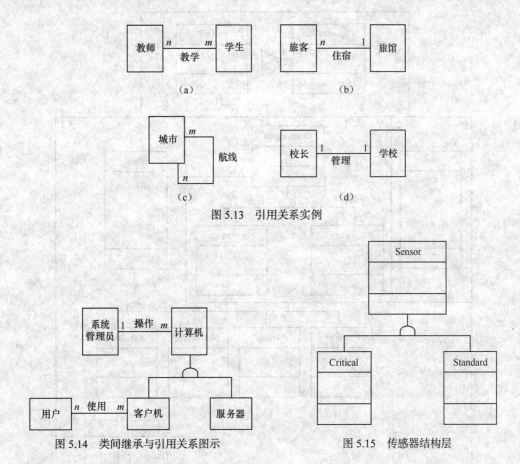

图 5.13 引用关系实例

图 5.14 类间继承与引用关系图示

图 5.15 传感器结构层

⑥ 类 Legal Event 与 Clerk 有引用关系。

到这一层为止，面向对象结构图可用图 5.16 表示。

5.2.5 属性层

在结构层基础上可在每个类内作属性的扩充，从而建立起属性层。

在属性层中主要的工作是为类中添加属性，类中属性一般有如下两种。

1. 类内静态特性

类中属性主要刻画类的静态特性，一个类可以有很多此类属性，但在类中表示出来的则仅是问题域所限定的那些属性。

2. 类间组合的指针

类间的组合关系（包括组装与引用）都是通过类内某些用属性表示的指针以建立具体联系。

在属性层中，在建立了各个类的属性后接下来就要对属性作较为详细的说明，它包括下面一些内容。

1. 属性名

属性名即是属性的标识，一般讲，在一个系统中属性名是唯一的。

2. 属性解释

在必要的时候需对属性作一定的解释，以说明其语义，但一般不宜过长。

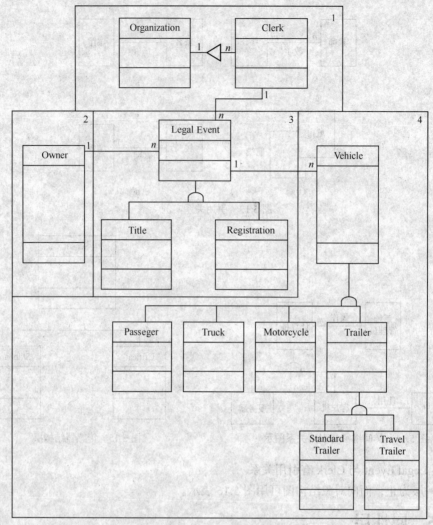

图 5.16　登记发照系统结构图示

3. 属性数据类型

属性数据类型可以是标量也可以是集合量，当属性为组合关系的指针时，它的类型可以是类。

4. 属性的默认值

在某些情况下可以给出属性的默认值。

5. 其他内容

除了上述四种说明外，属性还可以包含有取值范围、精度要求、度量单位等内容。

在例 5.1 中，属性层可以构作如下。

在传感器系统中共有三个类，由于 Critical 与 Standard 是 Sensor 的子类，所以 Sensor 的属性需全部表示，而其余两个仅只要表示其特殊的属性，剩余的均继承 Sensor 的属性，该系统的属性层的图示可见图 5.17。

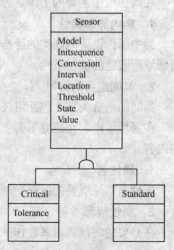

图 5.17　传感器系统属性层图示

在登记发照系统中共有 13 个类，它们可添加属性，共计 43 个，其中表示静态性质的有 39 个，表示指针的有 4 个，它的属性层图示可用图 5.18 表示。

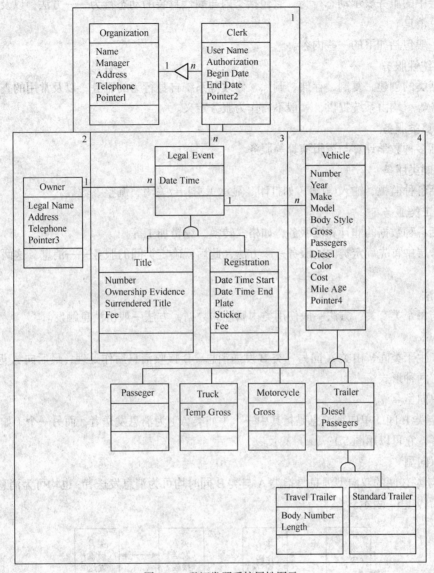

图 5.18 登记发照系统属性图示

在这个图中有四个属于指针性的属性。

Pointer1：它的属性类型为类 Clerk，属集合类型，它建立了 Organization 与 Clerk 间的组装关系。

Pointer2：它的属性类型为类 Legal Event，属集合类型，它建立了 Legal Event 与 Clerk 间的联系。

Pointer3：它的属性类型为类 Legal Event，属集合类型，它建立了 Legal Event 与 Owner 间的联系。

Pointer4：它的属性类型为类 Legal Event，属标量类型，它建立了 Legal Event 与 Vehicle 间的联系。为表示简单起见，有关属性的详细说明就不作介绍了。

5.2.6 服务层

服务层中的服务表示动态行为，它包括类内与属性封装的动态行为——方法，以及类间的动态行为——消息。

服务一般包括如下的一些内容。

1. 系统性服务

它包括类的创建、复制、存储、删除、修改等系统自身行为的服务，以及常用的查询、增、删、改服务等，均由系统提供，一般不需作为服务定义。

2. 计算类服务

它包括多种数学计算与逻辑演算等服务。

3. 控制类服务

它包括各种监视、输入/输出（如打印、显示）、打开/关闭、调整参数等。

4. 加工类服务

它包括各种数据的非计算性服务，如格式转换、编辑加工等。

在服务层中首先确定类内的服务——方法，此后就确定类间的服务——消息，这两者的内容大致如下。

1. 方法

方法与每个类有关，方法一般使用类内属性的数据，方法一般由消息触发。

2. 消息

消息产生于类间，由类 A 向另一类 B 发送消息，B 接收消息后作处理，最后向 A 返回结果。消息一般有两种形式。

（1）单向型

类 A 与类 B 间的单向型消息是指其中一个（如类 A）为消息发送者，而另一个（如类 B）为消息接收者，它可以用图 5.19（a）表示。

（2）双向型

类 A 与类 B 间的双向型消息是指类 A 与类 B 同时均可为消息发送者，也均可为消息接收者，它可用图 5.19（b）表示。

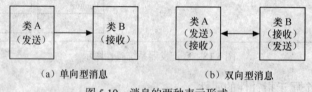

（a）单向型消息　　　　　　　　（b）双向型消息

图 5.19　消息的两种表示形式

有时，也可将服务中的方法放至属性层，此时，服务层中仅包含消息一种服务了。

服务层中的每个服务均采用一定格式，它大概包括如下内容。

- 服务名：这是服务的标识符；
- 参数：有关服务的一些要求；
- 发送者：服务的请求方（为类名）（仅适用于消息）；
- 接收者：服务的提供方（为类名）；
- 返回形式：返回结果要求；

● 服务内容：此为服务的具体内容，它可以是类库中的类、函数、过程或子程序，也可以是一段程序。

在例 5.1 及例 5.2 中，服务层可构作如下。

在传感器系统中类 Sensor 有方法 Monitor，而其子类 Critical 的方法继承了 Monitor，但因其多态性而构成了 Critical Monitor，该系统的服务层可用图 5.20 表示。

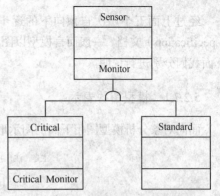

图 5.20　传感器系统服务器图示

在车辆登记发照系统中共有方法五个，消息四个，共计九个，它们分别是：

● Caculate Fee（属 Title）；

● Accept Fee（属 Title）；

● Caculator Fee（属 Registration）；

● Accept Fee（属 Registration）；

● Check Renewal（属 Registration）；

● m_1：Organization 与 Clerk 间的消息；

● m_2：Legal event 与 Clerk 间的消息；

● m_3：Owner 与 Legal Event 间的消息；

● m_4：Vehicle 与 Legal Event 间的消息。

系统的服务层图示可用图 5.21 表示。

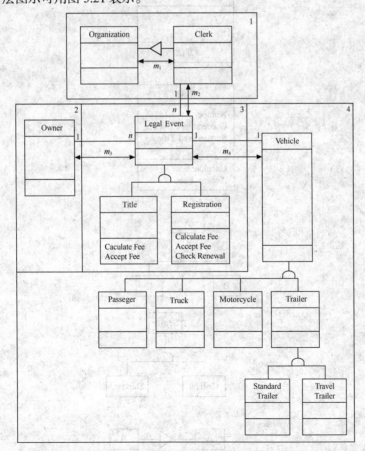

图 5.21　登记发照系统的服务层图示

5.2.7　面向对象分析的最终模型图与文档

经过上面五个层次自顶向下的逐步分析，最终可以形成面向对象的分析模型及详细说明（specification）文档。一般而言模型以图示形式表示，而详细说明则按一定规范形式用文字表示，下面我们分别进行说明。

5.2.7.1　模型图的表示

面向对象分析模型图用下面的图示形式表示。

1. 主题（注：括号内的主题名在某些时候可省略）

例：

2. 类

例：

3. 继承

例：

4. 组装

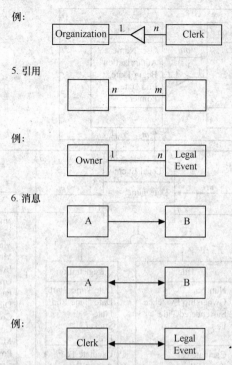

5. 引用

6. 消息

用上述六种符号可得到一个完整的面向对象分析模型图。

我们对例 5.1 及例 5.2 最终可得到它们的分析模型图。

例 5.1 的传感器系统面向对象分析模型图可用图 5.22 表示。

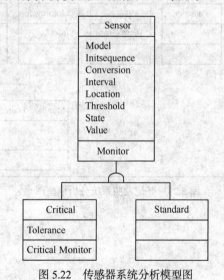

图 5.22　传感器系统分析模型图

例 5.2 的登记发照系统的面向对象模型图可用图 5.23 表示。

5.2.7.2　文档说明

面向对象分析模型包括模型图与相应文档说明，文档说明包括如下一些内容：

- 系统说明
- 主题说明

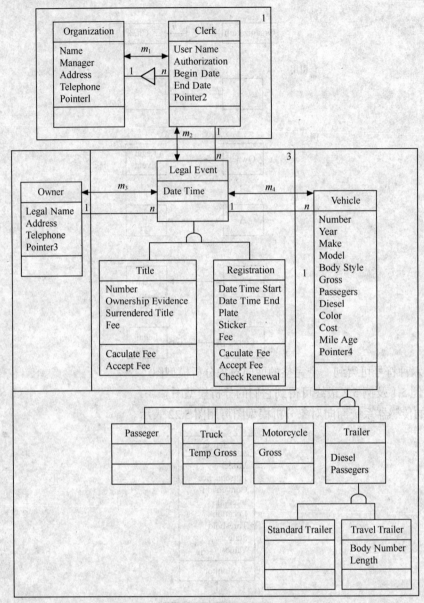

图 5.23　登记发照系统分析模型图

- 类描述模板
- 消息说明

下面对其逐一作介绍。

1. 系统说明

对整个系统作一些必要的说明，包括系统目标、范围、功能、性能要求、项目背景以及环境等。系统说明不必作过多描述，仅需作提纲挈领的简单介绍。

2. 主题说明

简要说明每个主题主要解决的问题及主要注视的目标，不必涉及过多内容。

3. 类描述模板（template）

类描述模板详细描述每个类，它是文档说明的主要部分，它包括类的整体说明、类间关系说明、属性说明以及服务（方法部分）说明。

（1）类的整体说明

它包括类编号与类名，这是类的标识符，它还包括用文字说明的类解释，用以解释该类在问题域中所代表的事物及作用，此外还包括该类的超类等（至于该类的组装/引用类可在属性说明中给出）。

（2）类的属性说明

逐一说明类的每一个属性，它包括以下内容。

- 属性名：这是属性标识符；
- 属性解释：简要解释属性的作用；
- 属性性质：给出是类的静态特性还是组装/引用指针；
- 继承性：给出是否属超类继承，若继承尚需给出其多态性；
- 数据类型：给出属性数据类型，若为指针则给出类名；
- 默认值：在需要时给出属性默认值。

（3）类的方法说明

逐一说明类的每一个方法，它包括以下内容。

- 方法名：这是方法的标识符；
- 方法解释：简要解释该方法所完成的功能；
- 方法参数：给出方法参数符号及相应类型；
- 方法流程：画出方法的信息流程图。

依据上述三个部分，可以得到类描述模板的基本规格说明如下。

类整体说明

类编号：<数字>；

类名：<中文类名>，<英文类名>；

解释：[<文字描述>]；

超类名：[<类名>]，{<类名>}。

属性说明

属性名：<中文属性名>，<英文属性名>；

属性解释：[<文字描述>]；

属性性质：<1/0>（注：1，表示特性；0，表示指针）；

继承性：Yes<文字描述>|No；

数据类型：<类型名>|<类名>；

默认值：<默认值>。

方法说明

方法名：<中文方法名>，<英文方法名>；

方法解释：[<文字描述>]；

方法参数：[<参数名>，<类型名>]{<参数名>，<类型名>}；

方法流程：[<方法流程图>]。

类描述模板一般可以采用表形式表示，每个类描述模板一张表。在表形式中除了上述所描述模板的内容外，还包括有关的一些信息。表 5.1 给出了类描述模板表的形式。

表 5.1   类描述模板表

制表日期：   年   月   日

类整体说明	类编号					
	类 名			超类名		
	解 释					
属性说明	属性名	属性解释	属性性质	继承性	数据类型	默认值
方法说明	方法名	方法解释	方法参数		方法流程	

制表人：   审核人：

4．消息说明

消息用于类间交互，其形式类似于方法，但比方法更丰富一些，它包括消息名、消息解释、消息发送者、消息接收者以及消息的流程图等六项内容，其中有四项内容与方法类似，而消息发送者及消息接收者则是消息说明所特有的，它给出发送消息的类名及接收消息的类名。

消息说明也可用表的形式表示，每个消息一张表，在表形式中除了有上面所述六项内容外，还包括有关表的一些信息。表 5.2 给出了消息表的形式。

表 5.2   消息表

制表日期：   年   月   日

消息名		
消息发送者名	消息接收者名	
消息参数	参数名	参数类型
消息解释		
消息流程图		

制表人：   审核人：

5.3 面向对象设计

5.3.1 面向对象设计概述

面向对象设计的主要任务是用面向对象方法对面向对象分析模型作进一步的扩充与深入，并最终形成面向对象设计模型。

与面向对象分析方法一样,面向对象设计方法自 20 世纪 70 年代发展至今已有近 30 年的历史,并已发展成多种不同的方法,它与面向对象分析方法一样,常用的也有五种,它们是:

- Booch 设计方法
- Coad & Yourdon 设计方法
- Jacobson 设计方法
- Rambaugh 设计方法
- Wirfs-Brock 设计

这五种方法中也是以 Coad & Yourdon 方法为最常用,在本节中我们主要介绍这种方法。

Coad & Yourdon 设计方法是建立在 Coad & Yourdon 分析方法基础上的,它们之间具有一致性与连贯性,其接口是无缝的,主要表现在如下几方面。

① Coad & Yourdon 的分析方法与设计方法采用相同的面向对象基本概念、基本原理与基本技术。

② Coad & Yourdon 设计方法是继承 Coad & Yourdon 分析方法的所有成果,并在其基础之上作进一步扩充与发展而成的。

③ Coad & Yourdon 的分析与设计方法采用同一目标下的不同分工阶段的方针,两者既有不同分工目标,也有相互合作的内容,这两者紧密配合以完成最终的目标。

面向对象分析方法与设计方法所完成的模型均为类层次结构模型,其不同主要表现在如下几个方面。

① 面向对象设计模型比分析模型考虑得更为细致与深入。

② 面向对象设计模型比分析模型考虑的宽度更广,它所考虑的范围不仅是问题域内容本身,还包括与系统有关的其他内容。它考虑的不仅是众多的持久类,还包括与其相匹配的挥发类内容。

③ 在面向对象分析方法中仅考虑与问题域有关的抽象模型,而并不考虑系统的有关平台、环境;在面向对象设计方法中则必须将系统的有关平台、环境作为统一的内容予以考虑。

根据这三点,在 Coad & Yourdon 设计方法中需要对 Coad & Yourdon 分析模型作如下的扩充与深化。

① 对问题域的分析结果作进一步深化——称问题域部分(PDC)。

② 扩充分析模型至人机接口部分——称人机接口部分(HIC)。

③ 将模型置于特定外部环境、网络与操作系统中作进一步考虑——称环境管理部分(EMC)。

④ 将模型置于特定数据管理环境中作进一步考虑——称数据管理部分(DMC)。

这四个部分构成了面向对象设计方法的四个活动。在 OOA 中实际只涉及问题域部分,其他三个部分是在 OOD 中加进来的,它们的关系可参见图 5.24。

问题域部分包括与应用问题直接有关的所有类和对象。由于识别和定义这些类和对象的工作在 OOA 中已开始,这里只是对它们作进一步细化。例如,加进有关如何利用现有的程序库的细节,以利于系统的实现。在其他的三个部分中,则需识别和定义新的类及对象。这些类和对象形成问题域部分与用户及外部系统和专用设备以及与磁盘文件和数据库管理系统的界面。Coad&Yourdon 强调这三部分的作用主要是保证系统基本功能的相对独立,以加强软件的可重用性。

OOD 的四个活动构成了系统的横向活动,它们与面向对象分析方法的五个纵向层次相结合构成了如图 5.25 所示的系统总体模型图。

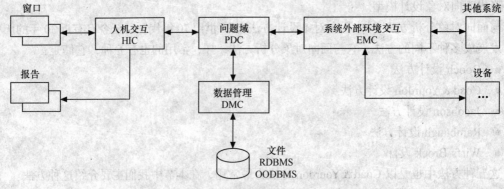

图 5.24　OOD 设计导出的系统结构

图 5.25　五层与四部分的总体模型图

下面对面向对象设计的四个部分逐一加以说明。

5.3.2　问题域部分设计

问题域部分设计（PDC）直接来自 OOA 的结果，并在此基础上作改进与增补，具体内容如下。

1. 将 OOA 的结果适当加以改进

OOA 的结果在设计阶段由于需求的变化、客户的变化、市场的变化及对需求理解上的差异而引起对 OOA 模型的修改，这种修改从原则上是属于 OOA 范围的，所使用的方法也都是 OOA 的，因此这部分应是 OOA 在 OOD 中的继续。

2. 类的重用

在 OOA 模型中有些类可以采用现有类库中的类，但往往用类库中的类替代模型中的类时存在着一些差别，因此需要对模型作适当的修改与调整。

3. 根类的设置

在 OOA 的模型中往往存在着分离的多个类层次结构体系，造成相互间缺少联系。为统一模型表示，建立模型的可理解性及语义一致性，可以在各类层次结构的顶层加一个统一的根类，以将整个系统组合成一体。一般讲根类不具有实际物理含义，它仅起一个表示上统一的作用。

4. 专用服务类的设置

在 OOA 模型中往往需要设置一些为整个系统提供服务的类，如提供度量衡转换的类、外币币种转换类、不同时区转换类以及系统复制、文件格式转换、数据加载等类，为整个系统提供各种服务。

5. 类结构的调整

为优化类结构可对它作调整，这些调整包括如下一些内容：

- 多个类的抽取以建立新的超类；
- 类的扩展以建立新的子类；
- 多个类的合并；
- 类的分解；

- 改变类的组装关系；
- 改变类的引用关系。

6. 类间多继承向单继承转换

在 OOA 模型中类间继承关系往往既有多继承又有单继承，但是在所选择的 OO 开发工具中有时仅能支撑单继承，因此就需要修改 OOA 模型，使其出现多继承处改变为仅出现单继承，这种由多继承转换成单继承的方法一般有下面两种。

（1）分解多继承，使用它们之间的映射

这种方法是将多继承模式分成为两个层次，使用它们之间的映射，用 Ispartof 替代，或用引用关系模拟，我们用例 5.8 来说明。

【例 5.8】　考虑如图 5.26（a）所示的多继承结构形式，它可以用映射的方法通过使用 Ispartof 调整成单继承形式，也可用引用方式调整成单继承形式，其调整后的单继承形式分别可见图 5.26 （b）与图 5.26（c）。

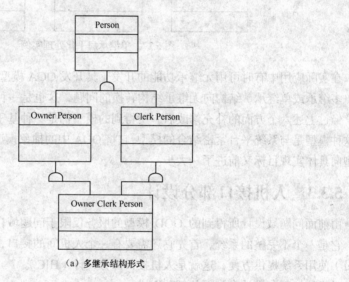

（a）多继承结构形式

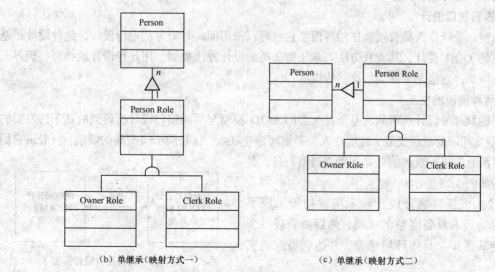

（b）单继承（映射方式一）　　　　　　　　（c）单继承（映射方式二）

图 5.26　多继承向单继承转换实例

从例 5.8 中可以看出，实际上这种方法是将若干子类的对象模拟成由一个超类的若干对象扮演的一些角色（role），这种方法有时被称为"通过委任继承"。

（2）扁平化处理

这种方法是将多继承的层次结构展平成为一个单继承结构。我们可将例 5.8 中的图 5.26（a）所示的多继承结构展平成为一个单继承结构，它可用图 5.27 表示。

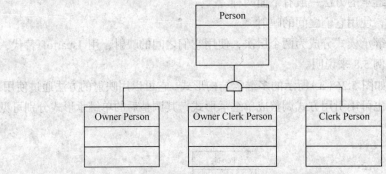

图 5.27　单继承扁平化处理实例

在实际应用中有时可用无继承功能的开发工具开发 OOA 模型，此时即存在 OOA 模型中的继承（多继承或单继承）结构向无继承结构转换的问题，这也是一种扁平化处理的技术。

经过上述六个方面的补充修改后，所得到的模型仍是一种基于问题域的类层次结构模型，但是这种模型是与系统平台紧密结合的模型，它将 OOA 中的抽象模型与平台相结合，所得到的 OOD 模型向具体实现目标又前进了一大步。

5.3.3　人机接口部分设计

由前面问题域设计所得到的 OOD 模型的服务仅限于问题域自身的模型，但作为整个系统而言，它是一个不完整的系统，首先它还需要有一个人机间的接口，它为人（包括操作人员及管理人员）使用系统提供方便，这就是人机接口部分设计（HIC）。

人机接口部分设计由如下几部分组成。

1．界面窗口设计

界面窗口是操作人员直接操作的界面，它也可以采用面向对象方法进行设计，此种设计是基于挥发类的 OOD 设计，其大致方法与基于持久类的设计方法类似，用此种设计最终可得到界面窗口设计模型，它也是一种类层次结构模型。

2．两种模型的交互

由问题域部分设计所得到的基于持久类的 OOD 模型与界面窗口设计所得到的基于挥发类的 OOD 模型之间需要进行交互，才能在人与系统间建立联系，这是两个模型间的联系，一般讲它们之间通过消息联络，这种消息是一种双向型消息，其大致结构如图 5.28 所示。

经过人机接口部分设计后系统就初步形成了规模，但是尚未具备完整的规模，此后尚需进一步扩充，使其逐步与具体环境结合，并达到最终的实现目标。

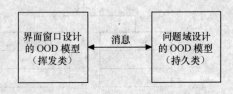

图 5.28　人机接口设计模型

5.3.4 环境管理部分设计

有了问题域部分设计与人机接口部分设计后,接下来需要扩充的设计是系统外界设备交互接口的设计以及其他与平台相关的设计,它包括如下的一些内容。

1. 系统外部设备交互接口的设计

问题域部分往往与多种外界设备接口,这些设备包括系统所控制的设备,系统的外部数据传输设备等,这些设备需要与问题域建立接口。首先我们可以将与问题域相接口的外界设备视为一个面向对象的模型,这是一种基于设备类的模型,此类模型的设计方法与一般的面向对象设计方法类似,此种模型的最后结果也是一个类层次结构模型,它与问题域部分设计模型之间需要有接口相连,这种接口从模型的角度看就是消息,因此这两种模型间可以通过消息以实现相互接口。这样经过问题域部分设计、人机接口部分设计以及外界设备、外部交互接口设计后可得到如图 5.29 所示的模型。

图 5.29 系统外部交互接口设计模型

2. 基于网络平台的模型设计

在近代计算机系统中,一个面向对象模型往往建立在一个网络之上,而网络结构目前分为 C/S、B/S 等多种方式,因此一个模型在网络之上需与网络相匹配,特别是模型的物理位置、周边环境及平台均与网络有关。故在构作 OOD 模型时必须根据网络结构作相应的调整,以建立与网络相匹配的模型。如在 C/S 结构的网络中根据图 5.30 所示的结构,我们可以得到如图 5.31 所示的与网络相匹配的模型。亦即是说,在 C/S 结构中服务器 S 所示 OOD 模型与客户机 C 所示模型间需有消息相连,以建立它们间的信息传递。

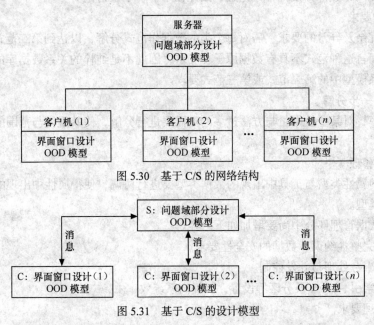

图 5.30 基于 C/S 的网络结构

图 5.31 基于 C/S 的设计模型

3. 基于操作系统平台的模型设计

一个面向对象模型与其操作系统平台有关，这主要有如下几个方面的内容。

（1）与操作系统中的进程/线程结构有关

面向对象模型应与进程/线程的结构相匹配，使得模型的整体部分与进程/线程相协调。

（2）与操作系统中的中断事件有关

操作系统中的一个中断事件能引发模型中一个整体部分的执行。

（3）与操作系统中的文件管理有关

此部分的详细解释可见下节数据管理部分设计。

5.3.5 数据管理部分设计

对问题域部分设计后所得到的 OOD 模型尚需与相应的数据管理平台相一致。目前所使用的数据管理工具大致有下列几种：

- 文件系统
- 关系数据库管理系统
- 对象关系数据库管理系统
- 面向对象数据库管理系统

在这四种工具中前两种无面向对象概念，而后两种则有面向对象概念，因此对后两种而言，面向对象模型与这些工具的匹配较为容易，而对前两种工具其匹配较为困难。一般目前均用专门的转换工具加以实现，但是要说明的是，经这种转换工具所实现的模型已不是面向对象的模型，因此它已不属本书所讨论的范围，但我们会在下一节（面向对象的实现）中作简单介绍。在本节中我们主要介绍后两种工具与模型的匹配，它主要有下面的几部分。

1. 多继承与单继承间匹配

此部分已在问题域部分设计中讨论过，因此在本节中不予讨论。

2. 范式的要求

根据数据冗余及异常的要求，需对每个类的数据作范式分解，以达到第二范式或第三范式要求，但是一般而言这种范式不具有数据原子性要求，因此不是纯粹的关系数据库的范式，而仅是一种类似于关系模型中的第二范式或第三范式要求。

3. 类的进一步分解

为提高效率，对某些数据量与方法过多的类需要进行分解，使其规模与范围能控制在适当限度之内。

4. 属性的修改

对模型中的属性类型与工具中出现的数据类型要进行协调，使得属性中出现的类型是工具中所允许的数据类型。

此外，在数据管理部分中尚要增加如下内容。

① 数据的完整性约束、数据的安全性要求。

② 数据的事务处理与并发控制。

③ 数据的索引、Hash 及分区等设置，以提高系统效率。

④ 版本管理要求。

5.3.6 面向对象设计的最终模型图与文档

在 OOA 模型基础上经过四个活动，一个 OOD 的模型就产生了。OOA 与 OOD 的面向对象模型从原理与表示方法而言都是一样的，所不同的仅有少量几处。

① OOD 模型分为持久类与挥发类两种，在模型的对象类中需加以标明（持久类标以 P，挥发类可缺省）。

② 对问题域部分设计中出现的 PDC（问题域部分）以及 HIC（人机交互部分）、EMC（环境管理部分）均需在主题中标明。

下面我们就 OOA 模型中所出现的传感器系统在 OOD 的四个部分中扩充的过程逐一进行介绍。

1. PDC

对图 5.32 中所出现的传感器系统 OOA 模型作如下修改。

① OOA 模型图中所出现的对象类 Standard 由于与超类 Sensor 完全一致，因此可以删除。

② 传感器被安装至建筑物中，因此需要有一个记录传感器所在建筑物的信息，包括建筑物的地址和紧急联络号码。

③ 在 PDC 所在的主题中标明为 PDC。

④ 在 PDC 所在的三个对象类中需标明为持久类的标记：P。

经过上述四处修改后，可以得到如图 5.32 所示的图。

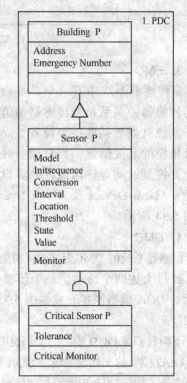

图 5.32 传感器系统 OOA 模型的修改图

2. HIC

在 HIC 中主要设计系统界面部分，这是一种挥发类的设计方法，与持久类设计方法大致一样。考虑到此部分与本书目标的差异，因此不作具体探讨，仅将结果列于后。

在此部分中主要是外界管理、操作人员需控制传感器，包括如下操作。

（1）Edit 操作

它包括：

增加一个传感器 Add

删除一个传感器 Delete

改变一个传感器 Change

（2）初始化操作

初始化传感器 Initialize

（3）State 操作

On 操作

Off 操作

Standby 操作

（4）Style 操作

Fone 操作

Icon Size 操作

此外尚有传感器报警等反馈信息。有关传感器报警设备等构作属 TMC，将在下一部分介绍。

根据上面所述的内容，HIC 的 OOD 模型见图 5.33，其具体构作过程不作详细的介绍了。

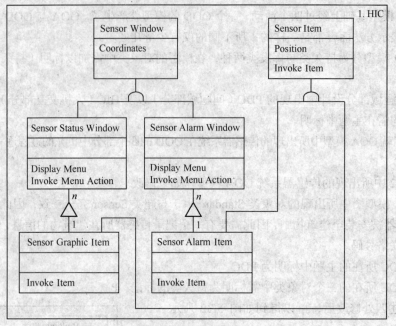

图 5.33　传感器系统 HIC OOD 模型

3. EMC

在传感器系统中有一个外界设备——报警器，它与传感器的关系是当传感器的值超过其临界范围时，系统就激活某些报警设备，而与此同时系统将记录报警的有关信息，如日期、时间、状态、严重程度及恢复时间等。因此在外界设备中需有两个持久类：Alarm Device 及 Alarm Event，其 OOD 模型如图 5.34 所示。

4. DMC

传感器系统的 DMC 从 OOD 模型图角度看无改变。

经过上述四个活动，一个传感器系统由图 5.32 所示的 OOA 模型图扩充成如图 5.35 所示的 OOD 模型图。

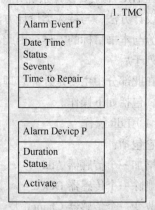

图 5.34　传感器系统 EMC 的 OOD 模型

下面我们就 OOD 模型的文档说明作一些介绍。

OOD 模型的文档说明也与 OOA 模型文档说明基本一致，所不同的除在本节开头处已有说明的两点外（标记：持久/挥发类，标记：PDC/HIC/EMC/DMC），尚需增加下面的内容。

① 在系统说明中增加系统平台与环境的详细说明。

② 在主题说明中需增加有关 PDC、HIC、EMC、DMC 的内容说明。

③ 在类描述模板中需增加有关持久类、挥发类的说明（特别是在类描述模板表中需增加类性质一栏，以标明是持久还是挥发）。

④ 在消息说明中需增加四个部分间的消息。

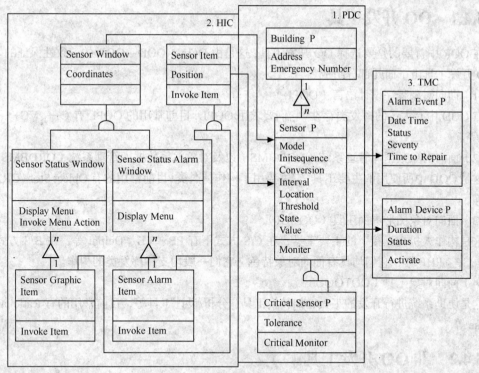

图 5.35 传感器系统 OOD 模型

5.4 面向对象的实现

在 OOD 模型基础上进一步加入开发工具，变更为具体的环境后即可构作面向对象数据库应用系统，它即是面向对象实现（object oriented realization），简称 OOR。

在 OOR 中首先确定开发 OOD 模型的工具，它们有 OO 开发工具与非 OO 开发工具，包括内容如下。

（1）OO 开发工具

- OOPL——面向对象程序设计语言
- OODBMS——面向对象数据库管理系统（包括 ORDBMS）
- OOGUI——面向对象图形界面工具
- OOTOOL——面向对象工具

（2）非 OO 开发工具

- 文件系统
- RDBMS
- 非 OO 程序设计语言
- 非 OO 图形界面工具
- 非 OO 其他工具

下面对其作一些说明。

5.4.1 OO 开发工具

在 OOR 中首要的是要选择 OO 开发工具, 这是由 OOA—OOD—OOR 的一致性保证的。一般讲 OO 开发工具由下面几部分组成。

(1) 面向对象程序设计语言 (OOPL)

在 OOD 中有大量的挥发类存在, 它们要求用 OOPL, 目前常用的 OOPL 有 C++、VC++、Java、Eiffel 等。

(2) 面向对象数据库管理系统 (OODBMS) 以及对象关系数据库管理系统 (ORDBMS)

这是 OOD 中所使用的主要工具, 它主要用于构作持久类, 目前常用的有 Object Store/ORACLE V9.i 等。

(3) 面向对象图形界面工具 (OOGUI)

这是构作人机交互接口的主要工具, 在 C/S 方式下有 PB、VB、Delphi 等, 在 B/S 方式下有 ASP、JSP、PHP 等, 它们均具有面向对象特色。它们一般均支持挥发类的构作。

(4) 面向对象工具 (OOTOOL)

这是协助系统进行开发的工具, 如转换工具、分析/设计工具等, 目前常用的有 Rational 公司的 Rose 等。

5.4.2 非 OO 开发工具

在一般情况下, OOD 的实现均用 OO 开发工具, 但是在特殊情况下, 特别是在构作持久类的情况下, 由于目前 OODBMS 及 ORDBMS 尚未普及, 经常会用 RDBMS 替代, 此时就需要使用工具或手工方式进行转换, 其大致方法如下。

用 RDBMS 替代 OODBMS 的具体方法一般需要经过一个转换, 转换分为工具方式与人工方式, 其大致要领见图 5.36。

图 5.36　由 OOD 模型到 RDBMS 的转换图示

下面分别介绍工具方式与人工方式。

(1) 工具方式

在工具方式中常用的工具是 Rational 公司的 Rose。

Rational Rose 经过分析与设计之后, 建立了一个面向对象的数据模型。在如何实现面向对象数据模型方面, Rose 通过内置插件以三种方式提供面向对象数据模型的实现, 即通过 Rose 内置的 DDL 插件把面向对象数据模型转换成标准的关系数据库的 DDL 描述语句; 通过 Rose 内置的 Oracle 插件把面向对象数据模型直接转换成 Oracle 支持的对象; 通过 Rose 内置的 E-RWin 插件把面向对象数据模型转换成 E-RWin 文件, 然后由 E-RWin 实现向关系数据模型的转换。

(2) 人工方式

对于简单、小型的系统而言不必使用工具实现, 而可编制应用程序来实现。在编制中要注意转换的关键之处。

- 类：相当于关系模型中的实体表（即关系）。
- 属性：相当于关系模型中的属性。
- 方法：相当于关系模型中的存储过程（或函数调用）。
- 继承：可用扁平化方法将多层超类与子类压缩成新的表。其大致做法是对每个类构作一个表，表内的属性既含有原类中的属性，同时还包括所有超类中的属性。表间在必要时还可建立联系。
- 组合：可压缩成表间联系表。

上面所述两个类三种方法为实现由 OO 模型持久性转换提供充足的工具与有效的功能。

5.5　信息系统的面向对象分析与设计的应用开发

到目前为止，用面向对象方法开发信息系统的工作已广泛开展，但是要使它在传统的信息系统领域广泛应用尚有一段适应过程，在本节中主要就如何使用用面向对象信息系统及其要领作简单介绍。

1. 掌握面向对象方法

在开发应用时必须充分掌握面向对象的思想与方法，用面向对象方法观察与分析客观世界，而不是用传统的其他方法观察与分析客观世界。开发者需要长期的用这种科学方法培养与训练才能熟练掌握，这是开发面向对象信息系统应用的首要条件。

2. 了解面向对象信息系统的产品

目前用于面向对象信息系统开发的产品在国内尚未普及，而开发应用对选择合适的产品的工作又十分重要，需要选择既能满足系统需求又有合适的价格体系，并且有方便接口的产品，因此需要深入了解相关的产品及它们的特点，以及相互间的优缺点并进行比较变得十分重要。

3. 熟练掌握应用开发的全过程

面向对象信息系统的应用绝对不仅仅是对某一具体系统的应用而已，而是包括纵向的 OOA→OOD→OOR 的过程，以及从横向的问题域部分的持久类系统，直到人机交互接口、系统外界设备交互接口的挥发类/持久类系统，它们采用统一的 OO 思想与方法，使得整个系统做到无缝连接，因此开发者必须全面掌握整个系统的开发过程。

4. 能区分关系数据库系统与面向对象数据库系统之间的不同

我们目前的数据库应用大量采用关系数据库系统，然而在这种环境中若要采用面向对象数据库系统必须要把握住面向对象数据库系统的特点，以及它与关系数据库系统间的区别，才能果断地下决心采用面向对象数据库系统，使得有关应用在采用面向对象数据库系统后比采用关系数据库系统前有明显的优越性。

下面我们介绍几个面向对象信息系统应用的实例，它们都是从实际应用中摘要而来，为描述清晰起见，仅选用其问题域中的核心部分并将其简化之，同时忽略了其人机交互接口、系统外界设备等部分，最后构作一个 OOA 模型——类层次结构模型。

【例 5.9】　习题管理系统

该系统的问题域是：在一个公共习题库的支持下，使各课程教师可以在系统中编写习题及其标准答案，并将编写的习题及答案加入题库；或者从题库中选取一组习题，组成一份向学生布置的作业，并在适当时刻公布答案。学生可以在系统中完成教师布置的作业，也可以从题库中选择更多的题目练习。教师可以通过系统检查学生的作业，学生也可以在教师公布答案后对自己的练习进行核对。系统维持对题库的管理，并对教师及学生的权限进行检查：只有本课程的教师可以提交或修改习题，并指定哪些习题的答案可以向学生公开。

通过考查该系统的问题域，可以发现该问题域无需划分主题，其对象类可以有下面一些。

① 教师：这是本系统中的一类人员，系统要模拟和支持他们的行为，包括编写习题及答案、选择习题、公布答案、检查学生作业等。

② 学生：这是系统中的另一类人员，他们要在系统上完成教师布置的作业，或进行自选题目的练习，并核对答案。

③ 班：班是学生所在的组织单位。一个班每学期有若干门课程，每门课程的习题由一位教师负责。

④ 习题：习题是在系统中产生、管理和使用的一类重要事物。它既是独立的对象类，也是习题板的部分对象类。

⑤ 习题板：教师每次布置的作业在习题板上公布，学生在习题板上找到他们应解答的习题。习题板的一个实例是针对一个班全体学生的一次课外作业。

⑥ 考试题板：这是一种特殊的习题板，用来在考试中公布试题。它除了具有习题板对象类的全部特征之外，还需要按考试的要求设立一些特殊的属性与服务。比如，说明每道题占多少分，按规定的时间收学生的答题结果等。

⑦ 练习本：每个学生对于学习的每一门课程都应该有一个练习本。在系统中，这是学生自己的工作空间，它记录着学生做过的每一道习题的题目、学生本人对习题的解答以及可以得到的标准答案。通过它所提供的服务使学生在自己的系统中完成自己的工作。

⑧ 题库服务器：要管理大量的习题必然需要一个题库，故设立一个题库服务器对象类，用以提供习题入库、提取、权限管理等服务。

以上共有八个对象类，由于本系统结构简单，所以可不设主题层。

根据以上分析，得到该系统的对象层如图 5.37 所示。

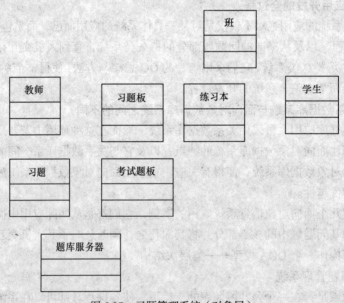

图 5.37　习题管理系统（对象层）

下面讨论对象类间的关系。

（1）继承结构

"习题板"和"考试题板"两个类构成继承结构。后者被看作一种特殊的习题板，除具有一般习题板的共性外，还补充了把一组习题作为试卷使用的特殊属性与服务。

（2）组装结构

"班"和"学生"两类对象之间是组装关系。"班"的属性"学生名单"和"学生"的属性"班级"都可以指明这种关系（设计和实现时可根据具体情况决定是否要在两端的对象中都保留相应的属性），一个学生属于唯一的班，一个班有多个学生。

"习题"是"习题板"的部分对象，由"习题板"类的"习题组"属性表明一个习题板中包括哪些习题。一道习题可以属于一个习题板，当它未被选中时就不属于该习题板。

在"练习本"中可以将"习题解答"分解出来构成另一个对象类，它们之间构成组装关系。一个"习题解答"对象类只属于一个"练习本"对象类。

以上三个组装结构，第一个反映了团体与成员的关系，第二个反映了抽象事物的整体与部分的关系，第三个反映了一种策略——用整体—部分结构表示数量不定的组成部分。

（3）引用关系

"学生"和"练习本"两类对象之间有一对多的引用关系，由"练习本"对象类的"使用者"属性体现这种引用，它的语义表明一个练习本属于哪个学生。

"考试题板"和"练习本"对象之间也存在一对多的引用关系，这种"练习本"对象类是从学生使用的练习本中以快照的方式复制下来作为考试答卷的，通过"考试题板"的"答卷"属性表明这种关系。

"教师"对象类和"班"对象类之间也存在引用关系，表明一个教师为哪些班承担何种课程的习题教学，而且这种引用是一种多对多的引用，要带有一些与课程信息有关的属性。

这种多对多并且带有关联属性的引用可改造为简单的一对多的引用，改造结果如图 5.38 所示，其中增设了一个"教学任务"对象类，它的每个对象实例针对一个班的一门课程习题教学，由一个教师承担。它的属性"任课教师"和"授课班"分别指明该项任务是由哪个教师承担的，以及是哪个班承担的。这种增加的对象类及对"教师"和"学生"对象的属性修改，都将在后边给出的模型中反映出来。

图 5.38　引用的修改

至此可以画出系统的结构层，如图 5.39 所示。

下面讨论对象类的属性与服务。

① "教师"对象类的属性包括教师的个人信息，如姓名及所负责的班等。教师在系统中的行为是进行习题及答案的编写、选题、公布答案和检查作业。但是这些操作是分别对"习题"、"习题板"、"练习本"等对象属性的操作，应该封装到那些对象类中，所以在"教师"对象类中只设立一个名为"工作"的服务，它通过引用其他对象类的相应服务而完成自己的功能。

② "学生"对象的属性有学生的个人信息，如姓名、学号、班级等。学生在系统中的行为是做练习，而其中的具体操作是在"练习本"对象类中完成的，所以该对象类设立一个"练习"服务，它通过引用"练习本"对象类提供的各种服务来完成自己的功能。

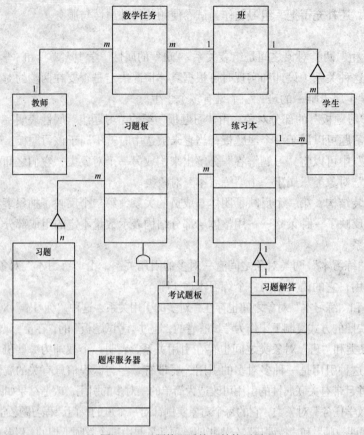

图 5.39　习题管理系统（结构层）

③ "班"对象类的属性有班的名称、本班的学生名单以及为本班担任习题教学的教师名单。

④ "习题"对象类的属性有"习题编号"、"题目内容"、"标准答案"、"所属课程"、"难度系数"等。它的服务有"题目编写"、"答案编写"、"习题入库"。这些服务是由"教师"对象类通过"习题"对象类引用的。

⑤ "习题板"对象类的属性给出本次作业所含的一组习题，指出这组习题属于哪门课程、布置时间和要求完成的期限；还有一个附带的通知，使教师在必要时可将某些指导意见或特殊要求告知学生。它的服务有："选题"，从题库中选择一组习题，构成本期习题板的习题组；"查阅题目"，将本组习题的题目内容复制到练习本上；"公布答案"，将习题的答案对学生开放；"查阅答案"，将习题的答案复制到练习本上，仅当公布答案之后才可访问。

⑥ "考试题板"是"习题板"的特殊类，它继承了"习题板"的全部属性与服务。它自己的特殊属性是"分数分布"，用于指明每道题占多少分。它的特殊服务有："收卷"，在限定时间到达时从每个学生的练习本上将其解答拍一个快照（即把内容复制下来作为答卷，可以用临时创建的"练习本"对象类来表示）；"阅卷"，在答卷上进行批阅并给定分数。

⑦ "练习本"对象类的属性指出使用这个练习本的学生姓名以及课程名，记录学生已做过的每一道习题。"练习本"对象类的服务有："取作业题"，从习题板上把题目内容复制到练习本上；"答案"，使学生可在练习本上给出自己的解答；"核对答案"，从习题板取来标准答案与学生自己的解答对照；"检查作业"，供教师检查学生完成作业的情况；"自选题目"，使学生可在教师布置的作业之外从题库选择更多的题目进行练习。

⑧　"习题解答"对象类是从"练习本"中分解出来的,它有属性题目、解答与标准答案。它的服务是"答题"。

⑨　"教学任务"对象类是从"教师"与"班"间的多关系中延伸出来的,它的属性有课程名称、起止时间、授课班及任课教师,其服务暂缺。

⑩　"题库服务器"对象类的属性部分应保持一个权限表,记录每个教师和学生对题库的访问权;还应设立一个题库习题的编号,使访问者能快速地找到所需的习题。该对象类的属性分析到这种程度显然还不够详细,但是更具体的决策与题库的实现条件有关,允许把问题留到 OOD 阶段作进一步的考虑。该对象类的服务应提供习题入库、习题提取和权限检查等功能。但这些功能的提供首先需要一个启动管理器运行和接收并发访问的"题库管理"服务。

通过以上的分析,大家基本明确了每个对象类所需的属性与服务,现在应该在每个对象类的表示符号中填写它们。此时会发现,在"练习本"对象类中通过属性表示学生做过或将要做的所有的习题有一些困难。每一道习题应包括题目、解答和标准答案等内容,这些内容应组织在一起作为一个单位,而这些单位的数量是不能预先确定的,并将随着时间增长,这将给实现带来困难。解决办法是利用组装将这样一个单位分离出来,作为部分对象类,取名"习题解答",它有"题目"、"解答"和"标准答案"三个属性;原先"练习本"对象类的"答题"服务放到这个新增的对象类较为合理,因为一个答题活动是针对一个习题进行的。

至此可以画出该系统的属性与服务层,如图 5.40 所示。

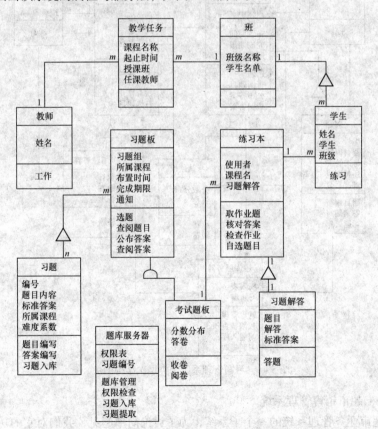

图 5.40　习题管理系统(服务与属性层)

最后讨论消息。

  "教师"对象类向"习题"对象类发消息,执行"题目编写"、"答案编写"、"习题入库"等服务;"教师"对象类向"习题板"对象类发消息,执行"收卷"、"阅卷"服务。"学生"对象类向"练习本"对象类发消息,执行"取作业题"、"核对答案"、"自选题目"等服务;"学生"对象类向"习题解答"对象类发消息,执行"答题"服务。

  "教师"对象类向"练习本"对象类发消息,使用它的"检查作业"服务;"练习本"对象类向"习题板"对象类发消息,使用它的"查阅题目"和"查阅答案"服务;它在执行自己的"自选题目"服务时还要向"题库服务器"对象类发消息以提取习题。"习题"对象类和"习题板"对象类也要向"题库服务器"对象类发消息,以完成习题的入库和提取。

  根据以上的分析,将得到的结构与连接在 OOA 模型中画出来,最终形成了如图 5.41 所示的整个类层次结构图。

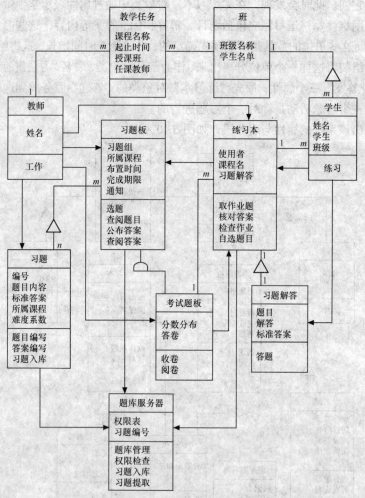

图 5.41　习题管理系统(类层次结构图)

【例 5.10】　超市销售管理系统

  该系统是超市业务管理系统的一个子系统,为了讨论简单起见,我们对它的功能作了适当的限制:只负责前台的销售管理,而且不处理信用卡付款和会员优惠等业务。其问题域是:

- 为顾客选购的商品计价、收费、打印清单;

- 记录每一种商品的编号、单价及现有数量；
- 帮助供货员发现将要脱销商品，以及时补充货源；
- 随时按上级系统的要求报告当前的货款数量、增减商品种类或修改商品定价；
- 交接班时结算货款数目，报告上级系统。

此外对这个系统而言，在系统边界以外与系统进行交互的活动者有收款员、供货员和其上级系统，据此可以发现该问题域无需划分主题，可以直接发现对象类如下。

① 收款机：该对象类直接与收款员这种活动者进行交互，模拟收款员的登录、售货和结算等行为。

② 供货员：此对象类用于与实际的供货员进行交互（提醒他们及时补充货物）并模拟他们的行为（在增加货物时修改系统中的商品数量）。

③ 上级系统接口：用于处理与上级系统的交互。它的某些行为（如查账、更改商品的种类与价格）是由上级系统（而不是从本系统内部）引发的。

考虑该系统问题域内部的事物和系统责任可以发现下述对象类。

④ 商品：这是该系统中最明显的对象类。每一个对象实例表示一种商品，记录该商品的名称、价格、数量等信息，并通过相应的服务动态地保持这些信息的准确性。放在超市中销售的商品，一般都不需要单独地记录每一件的信息，所以可把每一种（而不是把每一件）商品看作一个对象，把数量作为对象的一个属性（在其他场合，例如买卖飞机、楼房、珠宝、名画之类的大型或昂贵的商品则另当别论）。

⑤ 特价商品：这是一类较特殊的商品，该类商品在指定的时间内按特殊价格（大多是优惠价格）销售，它有自己特殊的属性。

⑥ 计量商品：这是另一类较特殊的商品，它的包装是不标准的，或者没有包装，需要在收款时按照它们的重量、长度或容积等单位进行计量，并按计量结果计算其价格。

⑦ 商品一览表：考虑到系统责任，为了在收款时能根据输入的商品编号快速地找到相应商品的信息，需要设立一个"商品一览表"对象类，它保持一个商品目录表，并提供对商品项的检索及增删等功能。

⑧ 销售事件：顾客购买一组商品，只要是通过一次计价收款完成的，就称作一个销售事件。每个这样的事件都需要在系统中保存一段时间，以便汇成账目并在必要时复查，所以要设立"销售事件"对象类。

⑨ 账册：记录一个收款员在一个班次内经手的所有销售事件的款、货账目，负责向上级系统报账，并在换班时进行账目交换。它的一个对象实例只针对一个收款员的一个班次，不是总账（总账在上级系统中）。

按照常识，在一个超市中收款员和管理人员都应该是一些值得考虑的对象。假如我们已经把"收款员"和"经理"列为候选的对象类，现在考虑进行筛选，看看是否有必要保留这两个类。

本系统的问题域中没有要求对各类人员的信息进行计算机管理，所以各类人员对象是否有必要存在，只是看这些人员的行为和个人信息是否对系统功能的履行起到一定的作用。

需求中没有包括对经理的工作进行计算机处理或提供辅助支持，经理本人的信息对于完成需求中规定的业务处理功能也没有用处，所以不必设立"经理"对象类。

收款员与系统的功能需求有密切关系，他们是与系统对话的活动者，系统应提供相应的对象处理这种对话。在以上发现的对象中，"收款员"对象就是进行这种处理的。如果愿意也可以把"收款机"对象改名为"收款员"，但是没有必要同时设立两类对象，因为根据系统的功能需求对实际的收款员或收款机进行抽象之后，所得的结果是相似的，如果功能需求中包括管理收款员的人事信息则又另当别论。

系统中设立了"供货员"但并不是为了提供这类人员的信息，而是因为他们向店中补充货物的行为要在系统中有所反映。

通过这个例子可以看到，尽管问题域中有各种各样的事物，但是在以系统责任为目标进行抽象之后，有些从常识看来很值得注意的事却不需设立相应的对象类。系统中的任何对象都是为了提供某些信息或履行某些功能，如果没有这些用途，则这种对象就没有必要在系统中存在。抽象的原则要求忽略与当前目标无关的事物特征，在 OOA 中当前目标就是系统责任，每个对象都忽略了实际事物的许多特征。如果某种事物（例如本系统中的"经理"）的所有特征都与系统责任无关，则将被完全忽略，系统中不应出现描述这种事物的对象类。

通过以上分析，共发现有九个对象类，据此建立的模型对象层如图 5.42 所示。

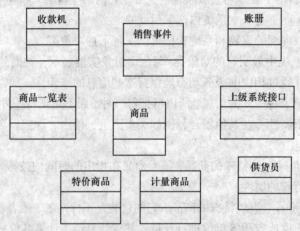

图 5.42   超市销售管理系统（对象层）

下面讨论对象类间关系。

（1）继承结构

超类"商品"和它的两个子类"特价商品"及"计量商品"构成继承结构。

（2）组装结构

"商品一览表"和"商品"构成一个组装结构，通过前者的"商品目录"属性体现这种关系。"账册"和"销售事件"构成另一个组装结构，通过前者的"销售事件表"属性体现这种关系。

（3）引用结构

这个例子中没有引用关系。

这样就可以建立起结构层，如图 5.43 所示。

下面讨论九个对象类的属性与服务。

图 5.43 已经给出这个系统所包含的对象类，现在分析每个类的属性与服务。

① "收款机"对象类的属性应指明当前是哪个收款员在本台收款机上工作，他本次工作的开始与结束时间。它的服务包括："登录"，使本班收款员开始工作；"售货"，循环地为每个顾客计价收款；"结账"，在收款员下班或交班时结算本班的账目。

② "商品"对象类的属性包括该种商品的编号、名称、单价、架上数量及下限。所谓下限是指货架上商品数量低于这个限度，就即时提醒供货员补充货物。该对象的服务有："售出"，从架上数量减去已售出商品的数目，若剩余的数目低于下限，则向"供货员"对象发消息；"补充"，

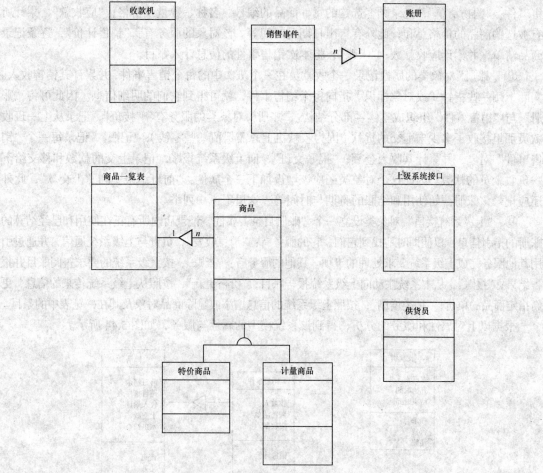

图 5.43　超市销售管理系统（结构层）

当供货员补充了一些商品时，把补充数量与该种商品原先的架上数量相加；"价格更新"，由"上级系统接口"对象引用，修改本种商品的价格。

③　"特价商品"类继承了"商品"的所有属性与服务，同时具有自己的特殊属性，指明特价的时间、范围。

④　"计量商品"类继承"商品"的所有属性与服务。"单价"属性的语义发生了变化，指的是一个计量单位的价格。补充的特殊属性有"计量单位"和"计价方式"（散装商品的计价方式是单价乘以计量结果，成件商品的计价方式是按标签上已经标出的价格收款）。对于从"商品"类中继承的服务要重新定义，因为算法发生了变化，它们是多态的。

⑤　"商品一览表"的属性是一个汇总店内所有商品的"商品目录"。每一个元素包括一件商品的编号和指向"商品"对象的指针（或对象标识）。它的服务有："检索"，通过编号查找相应的商品对象；"种类增删"，增添或删除"商品目录"中的商品项。

⑥　"供货员"对象类的属性是一个缺货登记表，每当某种商品的架上数量低于其下限时，就在这个登记表中记录下来，以便提醒供货员补充货物。它的服务有："缺货登记"，将告缺的商品名称及编号记到登记表中；"供货"，在供货员补充了货物之后，向"商品"对象发消息以便改其数量，并删除缺货登记表中相应的条目。

⑦　"销售事件"对象类的属性有："收款人"，记录由哪个收款员在哪台收款机上处理这个销

售事件;"购物清单",记录顾客选购的每件商品的编号、名称、数量及价格;"应收款",累计所有被选购商品的价格总和;此外有售出日期及时间等。该对象的服务有:"销售计价",逐条记录商品清单,并累计应收款数;"入账",将本次销售事件的信息计入账目。

⑧ "账册"对象类的属性记录一个收款员在一个班次中的每个销售事件,并累计其销售收入。实际上用一些指针(或对象标识)指向每个销售事件,就可得到它们的明细信息。因此可将"账册"与"销售事件"组织成整体—部分结构。"账册"对象类的服务有:"接班",记录从上一班收款员那里接收了多少未上交的货款(因为收款机上总需保留一些零钱);"记账",记录每一个"销售事件"对象,并累计其收入金额;"报账交班",向上级系统报账,记录上交的款数和移交给下一班收款员的款数。因此这个对象类还应该增设如下三个属性:"前班结余"和"上交款",此外还应记录该账册开始使用和结账的日期与时间等,这里不一一列举。

⑨ "上级系统接口"对象类设立一个"账册目录"属性,记录店内所有正在使用和已经结算的账册的指引信息,以便即时地找到它们。它的服务有:"消息收发",负责与上级系统通信,并通过引用其他服务完成上级系统要求处理的事项。其他的服务有:"查账",按上级系统的要求查阅账目并报告结果;"报账",从本系统主动向上级系统报告账目;"价格更新",按照从上级系统传来的信息,更新指定商品的单价;"种类增删",按照上级系统的信息增添或删除商品对象及其在一览表中的条目。

根据以上对属性和服务的分析,得到该系统模型的属性与服务,如图5.44所示。

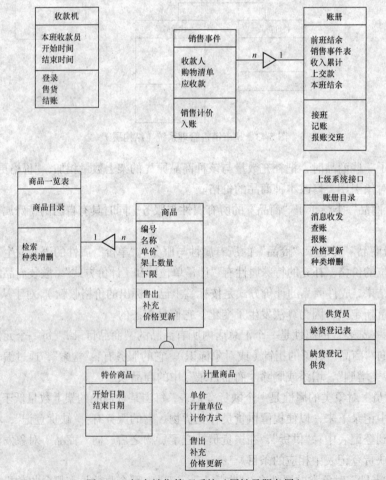

图5.44 超市销售管理系统(属性及服务层)

最后讨论消息。

对这个系统，首先把所有的消息都找出来，从收款员、供货员和上级系统这三类活动者的相关对象类开始进行执行路线追踪，以发现系统中的各种消息如下。

"收款机"对象类在执行"售货"服务时向"商品一览表"对象类发消息，请求其"检索"服务以找出相应的"商品"对象；接着它要向"商品"对象类发消息以获知该种商品的属性信息并执行其"售出"服务。此时若"商品"对象类发现该种商品数量低于规定的下限，则向"供货员"对象类发消息进行"缺货登记"。"收款机"对象类向"销售事件"对象类发消息，请求"销售计价"和"入账"等服务；在执行"入账"服务时，"销售事件"对象类向"账册"对象类发消息，请求"接班"服务。"收款机"对象类在执行"结账"服务时，也要向"账册"对象类发消息，请求"交班"和"报账"两个服务。此时"账册"对象类要向"上级系统接口"对象类发消息，通过它的"报账"服务向上级系统报账。

"上级系统接口"对象类在上级系统要求查账时向"账册"对象类发消息，请求它的"报账"服务；在上级系统要求进行价格更新或商品种类增删时，分别向"商品"和"商品一览表"对象类发消息，请求相应的服务。

"供货员"对象类在执行"供货"服务时向"商品"对象类发消息，执行其"补充"服务。

综上所述得到该系统模型的整个类图，如图 5.45 所示。

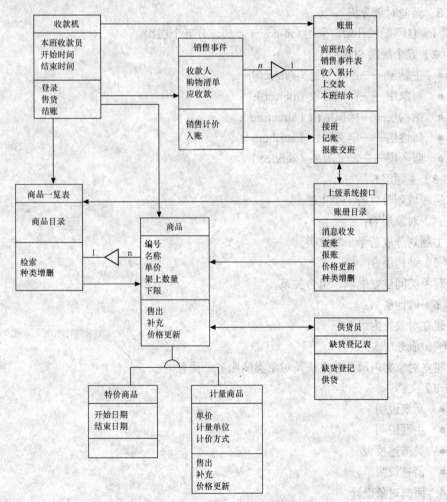

图 5.45　超市销售管理系统（类层次结构图）

本章小结

本章介绍信息系统开发中的面向对象方法，重点介绍其中的分析与设计方法。

1. 面向对象方法在信息系统开发中的优点

- 能全面表示信息系统开发中数据与功能的两个方面；
- 能全面表示信息系统开发中的全部流程——分析、设计与实现。

2. 本章所介绍的面向对象方法

（1）Coad & Yourdon 方法。

（2）Coad & Yourdon 方法开发中的四个阶段：

- 问题域——需求描述；
- 分析——信息系统分析，是本章讨论重点；
- 设计——信息系统设计，是本章讨论重点；
- 实现——用面向对象工具实现系统。

3. 面向对象分析

（1）自问题域开始，采用 top-down 方法，分五个层次。

（2）五个层次 SOSAS：

- 主题层——定义主题（subject）；
- 对象层——标识对象（object）；
- 结构层——标识结构（structure）；
- 属性层——定义属性（attribute）；
- 服务层——定义服务（service）。

（3）主题层 S：

问题域划分成若干个主题。

（4）对象层 O：

主题划分成若干个对象类。

（5）结构层 S：

对象类间建立继承、组合关系。

（6）属性层 A：

建立对象类内属性。

（7）服务层 S：

建立对象类内服务—方法及对象类间服务—消息。

（8）文档：

- 系统说明
- 主题说明
- 类描述模板
- 消息说明

4. 面向对象设计

（1）面向对象设计特点：

- 与面向对象分析一样，是一个类层次结构模型；
- 比面向对象分析模型更深入、更广泛。

（2）面向对象设计中的四个部分：

- 问题域部分（PDC）——分析的进一步深化；
- 人机接口部分（HIC）——系统的扩展：人机接口；
- 环境管理部分（EMC）——系统的扩展：外部环境接口；
- 数据管理部分（DMC）——系统的扩展：数据管理接口。

（3）问题域部分 PDC：

OOA 的深化，包括以下几点。

- OOA 结果的改造
- 类重用
- 根类设置
- 专用服务类设置
- 类结构调整
- 多继承→单继承

（4）HIC：

- 界面窗口设计
- 两种模型交互

（5）EMC：

- 系统外部接口设计
- 网络平台模型设计
- 操作系统平台模型设计

（6）DMC：

- 多继承→单继承
- 范式要求
- 类的进一步分解
- 属性修改

（7）文档：

- 系统说明——增加平台、环境描述；
- 主题说明——增加 PDC、HIC、EMC 及 DMC 说明；
- 类描述模板——增加持久/挥发类说明及标记 PDC/HIC/EMC/DMC；
- 消息说明——增加 PDC、HIC、EMC 及 DMC 中的消息。

5. 面向对象实现

（1）OO 开发工具。

（2）非 OO 开发工具：

- 工具方式——用工具转换；
- 人工方式——用人工转换。

6. 面向对象信息系统分析与设计的应用开发

（略）

7. 本章内容重点

● 面向对象分析

习 题 5

5.1 试述面向对象方法在信息系统开发中的优点。

5.2 试述 Coad & Yourdon 方法中的四个阶段。

5.3 什么叫问题域?

5.4 什么叫面向对象分析方法中的 SOSAS?

5.5 面向对象分析方法中的文档有哪些?

5.6 面向对象设计方法的特点是什么?

5.7 请给出面向对象设计中的四个部分的内容。

5.8 面向对象设计中的文档与面向对象分析中的文档有何区别?

5.9 在面向对象实现中一般用何种开发工具?

5.10 请给出一个面向对象分析的例子。

5.11 请比较结构化方法与面向对象方法的优缺点。

第6章
统一建模语言（UML）

在本章中介绍统一建模语言（UML，unified modeling language），首先介绍 UML 的概貌，然后介绍 UML 的内容，最后还将介绍 Rational 统一过程及 CASE 工具。本章内容将为下一章 UML 的分析与设计做准备。

6.1 UML 入门

6.1.1 UML 简介

UML 是一种可视化语言，此种语言既不是某种自然语言，也不是程序设计语言，而是一种专门用于建造系统模型的语言。这种建模语言具有统一表示与统一内涵的特点，因此称为统一建模语言。

UML 是由面向对象领域中的三位著名专家 G.Booth、J.Rumbaugh 及 I.Jacobson（世称三友或三剑客）在他们所分别创立的面向对象方法：Booth 方法、OMT 方法以及 Objectory 方法基础上于 1996 年统一而成，并于 1997 年递交给 OMG 组织（这是一个国际对象管理组织），同年 11 月 7 日正式被 OMG 接纳作为国际标准。

UML 有如下一些特点。

① UML 采用面向对象方法，以该方法作为它的认识论与方法论基础。UML 集多种面向对象方法于一体，取其精华去其糟粕，具有建模能力强但又不繁琐等特点。

② UML 是一种语言，所谓语言即是某种领域内人们表达与交流的工具，而 UML 即是在建模领域内表达与交流的工具。由于自然语言在建模中表达与交流存在着一定困难，所以 UML 采用可视化手段即用图形表达手段，极大地方便了建模过程的相互交流与探讨。

③ UML 以一种统一与规范的方式使得复杂与繁琐的建模过程变得极其有序与方便。

UML 的应用范围很广，目前它主要用于如下一些领域。

1. 信息系统

这是 UML 应用的主要领域之一，可以用 UML 对信息系统建模，包括对信息系统的需求、分析、设计与实现等各阶段建模。

2. 技术系统

在大量技术系统如通信系统、控制系统以及工业生产过程中需要建模，而用 UML 对技术系统建模是一种有效的工具。

3. 其他系统

它包括非技术系统如生命系统、社会组织机构系统等。

在本书中我们主要用 UML 对信息系统建模，包括信息系统的需求、分析、设计及实现等几个阶段的建模，这是目前 UML 的主要应用领域，而且从它取得的成果中已证明用它建模是大型信息系统建设的最为有效的方法。

6.1.2 UML 一览

UML 是一种可视化建模语言，通过该语言表示可以建立系统的模型，为构作系统提供支撑。由于系统建模过程是多个层次与多个方面的，从不同角度看可以构作多个模型，故而系统建模的结果可以有多个模型，而其中每个模型只能反映系统的一个方面或一个部分，而只有全部模型才能反映系统的全局。UML 中的视图一般有如下几种。

1. 功能模型及其视图——用例视图

它反映系统应具有的功能集，在 UML 中功能模型可用用例视图（use-case view）表示。

2. 静态结构模型及其视图——逻辑视图

它反映为实现功能集而构作的系统静态结构模型，它可称静态模型，而反映模型的视图称逻辑视图（logical view）。

3. 动态结构模型及其视图——并发视图

它反映为实现功能集而构作的系统动态结构模型，它可称动态模型，而反映模型的视图称并发视图（concurrency view）。

4. 物理结构模型及其视图——组件视图与展开视图

它反映系统的物理结构模型，其反映模型的视图是组件视图（component view）及展开视图（development view）。

在 UML 中用这四种不同角度所表示的视图来全面反映系统整体面貌，而每个视图都可以用 UML 中的不同图（diagram）表示，它们是：

① 用例视图可用用例图（use-case diagram）表示。

② 逻辑视图可用类图（class diagram）表示。

③ 并发视图可用状态图（state chart）、序列图（sequence diagram）及协作图（collaboration diagram）表示。

④ 组件视图与展开视图则分别可用组件图（component diagram）及展开图（development diagram）表示。

这样，在 UML 中常用的共有七种图，它们是：用例图、类图、状态图、序列图、协作图、组件图及展开图，它们分别表示四种视图。

每个 UML 的图是由若干图元组成的，这些组成图的图元称为模型元素（model element）。在 UML 中有几十种模型元素，它们属于不同图，而其中有些可为多个图所共有。下面列举若干个模型元素，如图 6.1 所示。

一个 UML 即是由模型元素作为基本单元所构成的图表示并由图最终组成的模型。在自然语言表示中，其基本结构单位是单词，由它可组成句子，进而可由句子组成文章。因此可以认为模型元素相当于单词，图相当于句子，而模型则相当于文章。

图 6.2 给出了 UML 的整体构成，而这个构成图又可以用图 6.3 详细表示。

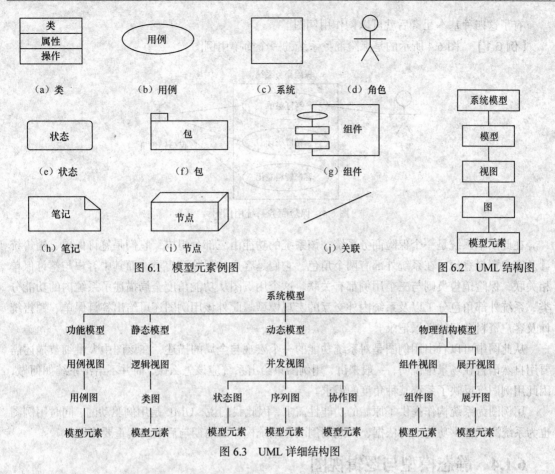

图 6.1　模型元素例图

图 6.2　UML 结构图

图 6.3　UML 详细结构图

在下面几节中我们将分别介绍四种视图。

6.1.3　功能模型及用例视图

UML 中的功能模型及用例视图可用用例图表示，用例图一般有下面几个常用的模型元素。

1. 用例（use-case）

用例是用例图中的模型元素，它可用椭圆形表示，它代表一个完整的功能，包括一个动作步骤的集合。用例有一个名，还有动作步骤的描述。一般将用例名写在椭圆内或下方，而对用例的描述可另用一个矩形内的文字说明，称为场景（scenario）。

2. 系统（system）

系统也是用例图中的模型元素，它可用矩形表示，它表示功能边界，用以说明所构建系统的应用范围，在系统框架内是模型的所有用例集合以表示该系统所具有的功能。系统有一个名，可放于系统框架内，也可放于紧靠系统框架的外部。

3. 角色（actor）

角色也是用例图中的模型元素，它可用一个拟人标记表示，可表示系统外部的人或事，它一般放在系统框架外。角色有角色名，一般放在角色符号下方。

4. 关联（association）

在用例图中角色与用例间有关联，这是一种通信关联，表示角色与用例间存在的联系，关联用一条连接角色与用例的实线段表示。

有了这四种基本元素后就可以构作用例图了。

【例 6.1】 图 6.4 所示的是保险商务系统的一个简单用例图。

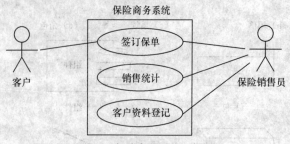

图 6.4 保险商务系统用例图

在此图中系统是一个保险商务系统，该系统的功能由三部分组成，它们是签订保单、销售统计及客户资料登记。在系统外部有两个角色，它们是客户与保险销售员，而其中客户与签订保单相关联，保险销售员则与三个用例都有关联。这个用例图从功能角度全局描述了系统内的功能分类、系统外部角色分工以及系统内外交互的宏观模型。此外该用例图还可给出签订保单、销售统计及客户资料登记的场景记录。

从此图中可以看出用例图是对系统功能的一个宏观与全局的描述，在该图中大量细节描述需要用自然语言在场景中说明，一般来讲，用例图只给出系统应该怎么做，而并不给出系统如何做，因此用例图仅反映了系统某种角度的需求。

用例图为系统构作提供了原始的功能性需求，因此我们说，UML 是用例驱动的，同时用例图也为系统测试提供功能上的依据，因此用例图在系统构作的前期与后期均起重要作用。

6.1.4 静态模型与逻辑视图

UML 中的静态模型与逻辑视图可用类图表示，类图是用类及它们之间关系所描述的一种图示，它从静态结构角度表示系统，类图中常用的模型元素是类以及类间关系。

1. 类

类是一种模型元素，它表示一个类及其结构，它由三部分组成，它们是类名、属性及操作。其中类名用黑体字表示；而属性则给出属性名及数据类型，其标准语法格式为：属性名，数据类型；而操作则由操作名、参数表以及返回值类型等几部分组成，其标准语法格式为：操作名（参数名），返回值类型（性质串）。

类可以用矩形表示，在矩形内分上、中、下三层分别放置类名、属性及操作，如图 6.5 所示。

【例 6.2】 图 6.6 所示的是一个有关小汽车的类，表示它有一个类名"小汽车"以及四个属性、两个操作。

图 6.5 类的模型元素图

图 6.6 类示例图

2. 关系

关系用于表示类间所存在的联系。在类图中一般存在四种联系，其中一种具有一般性含义，而另三种则含有特殊语义。

（1）关联（association）

它表示类间具有一般含义的联系，它可用连接类间的实线段表示，当这种联系具有单向性时则在线段中用箭头指出，其示例分别可见图 6.7（a）、图 6.7（b）。关联可以命名，关联名放置其图示的侧面。

关联有重数的概念，它表示可能参与给定关联的类中实例数，常用的有三种。

n：表示有 n 个实例参与，如 1 表示有一个实例参与。

*：表示有多个实例参与。

$x..y$：表示有从 x 到 y 个实例参与，如 0..1 表示没有或一个实例参与。

（2）聚合（aggregation）

聚合有组成之意，表示类间具有整体与部分的特点，它是关联的特例，它可用表示关联的直线段表示，并在一端加一个小菱形。如果聚合中处于"部分"方的实例同时参与多个"整体"方实例的构成，则称为共享聚合，此时图形表示中的小菱形为空心。如果构成整体类的部分类完全隶属于整体类，则此种聚合称复合聚合，此时其图形表示中的小菱形为实心。聚合也可以命名，聚合名可放置于其图示的侧面。

图 6.8 所示均为共享聚合图，而图 6.9 所示为复合聚合图。

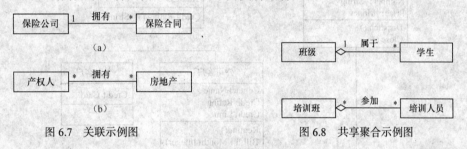

图 6.7　关联示例图　　　　　　　　图 6.8　共享聚合示例图

（3）继承（inheritance）

继承表示类间具有一般与特殊的特点，它是关联的一个特例。在继承中具有一般性或通用性的类称超类（supper class），而具有特殊性的类称子类（sub class）。子类能继承超类中所有的属性与操作。继承也可称通用化或泛化（generalization）。继承关系也可存在于其他模型元素中（如用例、角色、包等）。

继承可用表示关联的直线段表示，并在超类端设置空心三角符，图 6.10 所示即表示类间的继承关系。

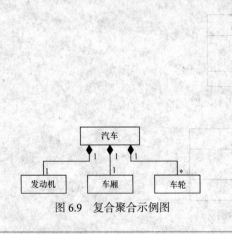

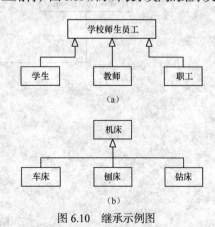

图 6.9　复合聚合示例图　　　　　　图 6.10　继承示例图

（4）依赖（dependency）

依赖表示两个类间的依赖关系，在其中有一个类是独立的（independency），而另一个则依赖于独立的那个类，如果独立类发生变化，此时依赖类也会产生变化。特别的是，当独立类一旦删除则依赖类也将不复存在。依赖关系也可存在于其他模型。依赖关系是单向的，它可用带箭头的虚线表示。依赖也可命名，它可设置于元素中，如用例、包中，其图示的附近。它的表示可见图6.11。

图6.12（a）与图6.12（b）给出了依赖的两个例子。

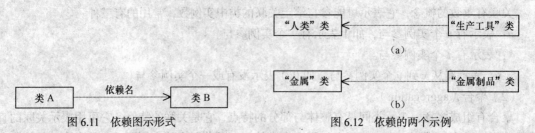

（a）

（b）

图6.11 依赖图示形式　　　　　　　　图6.12 依赖的两个示例

介绍了类与关系这两种模型元素后即可以用它们构作类图，下面的图6.13给出了类图的示例。

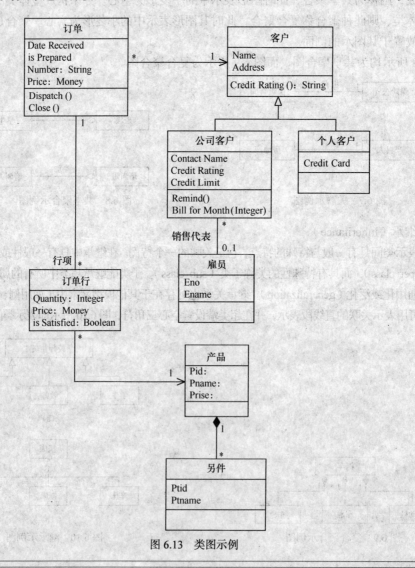

图6.13 类图示例

3. 包（package）

包是一种组合机制，它将各种图通过语义关联在一起成为一个整体。它常用于模型中系统的组织管理，相当于系统中的子系统。包的图示类似书签卡片，由一大一小两个矩阵组成，其中小的设置于大的左上角。包可以命名，其名字写在小矩形或大矩形内。

包之间可以存在依赖与继承关系。图 6.14（a）给出了包的图示形式，而图 6.14（b）、图 6.14（c）则给出包的若干种形式。

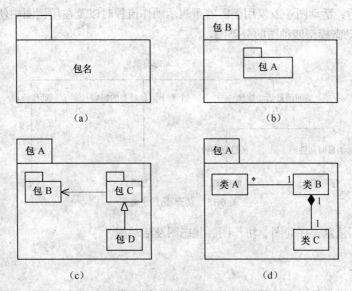

图 6.14　有关包的几种示例

有了包以后可以在类图以及其他图之上构作各种子系统，它可为系统开发者提供某些组织与管理上的方便。

6.1.5　动态模型与并发视图

6.1.5.1　概述

要构作系统的模型从抽象层次讲可分为静态结构与动态行为两种模型，而其中用类图构作静态模型是十分合适的，但是在系统中类间是需要交互的，其所使用的手段是消息，通过消息实现类间通信，通过消息以实现一个类激活另一个类的目的。在系统中如何表示与刻画消息活动的规则并最终建立起消息活动的模型，这是本节所讨论的内容，其所建立的视图称并发视图，而所建立的模型称动态模型。

动态模型一般可用如下四种图表示。

① 序列图：序列图所表示的是消息在系统中按时间顺序所活动的规律，序列图所强调的是时间性。

② 协作图：协作图表示的是消息在系统中为实现类间协作以完成某种目标的活动规律，协作图所强调的是空间性。

序列图与协作图都是反映类之间消息活动的规律，它们也可称交互（interaction）图。

③ 状态图：前面两种图所反映的是消息在类间活动的规律，而状态图所反映的则是一个类在

不同消息作用下其内部状态变化的规律。

④ 活动图：活动图与前面三种图有不同作用，它是以动态行为中的动作为单位描述动作流程的一种图。

在动态模型中并不一定需要构作全部四张图，而是根据需要只需画出其中的部分图。一般来讲，当需强调消息活动的时间性时可构作顺序图，而当需强调消息活动的空间性时可构作协作图，而状态图则一般并不常用，它仅对类中有明显状态值且随着消息的激活而状态有明显不同变化的那些类实施。最后，活动图一般仅用于需着重表示动作流程时以及在用例图中使用。

图 6.15 给出动态模型四种图的分类图。

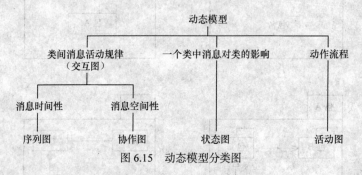

图 6.15　动态模型分类图

下面分别介绍消息、序列图、协作图、状态图及活动图。

6.1.5.2　消息

消息是动态建模中的一个重要模型元素，在静态模型类图基础上，可建立类间的消息机制。消息给出了类间的交互与通信。具体来说，消息是一个类发向另一个类的一种信息，并激活了该类使其活动且将结果返回发送类。消息是单向的，它可用从发送类到接收类的带箭头的线段表示，并可在线段附近标注消息名。图 6.16（a）给出了消息的图示形式，这种消息我们也称简单消息。

除了一般的简单消息之外，有时还可区别同步与异步消息，所谓同步消息即发送者发送消息后必须等待消息返回后才能继续活动，而异步消息则没有此种限制。同步消息与异步消息可分别用图 6.16（b）与图 6.16（c）表示。

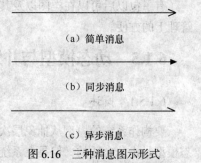

图 6.16　三种消息图示形式

我们一般常用简单消息，而在强调系统中消息的同步性及异常性时才使用同步消息或异步消息。

6.1.5.3　序列图

序列图是描述消息按怎样的时间顺序进行活动的规则。序列图是一种二维图，其纵向由上到下是时间轴，而横向是类轴，由左到右设置所描述的相关类，每个类放置于图的上方并标以类名与方框。每个类有一条垂直虚线，称为该类的生命线，而生命线间的带箭头的水平线段则是消息，当一个类被激活时生命线中的虚线就变成一窄长矩形条。

消息序列图在表示时，可设置消息名以及分叉及条件循环，其中分叉表示可在一个类的生命线起点分别画出几条消息，并在消息上注明条件，而循环则用一个起、终点均在同一生命线上的消息表示。

下面我们用一个例子来说明序列图是如何描述的。

【例 6.3】 设有一个计算机的打印过程需要描述，当打印请求产生后，计算机接受打印请求启动打印服务器，当打印机空闲时则打印执行，而当打印机忙时则转入排队程序等待，排队程序按序释放等待的打印请求进入打印服务器打印。

这个打印过程可用顺序图描述如下。

① 首先，在这个顺序图中有四个类，它们是计算机、打印服务器、打印机以及排队，此外还有一个发送打印请求的外界角色。

② 序列图如图 6.17 所示。

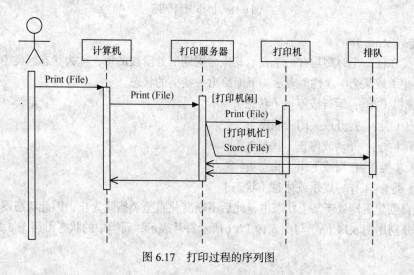

图 6.17 打印过程的序列图

③ 在图 6.17 中采用同步消息，而返回消息则用简单消息表示。在打印机服务器类中有一个分叉，它有条件：打印机闲/打印机忙，在不同条件下发送不同消息，在打印机闲时发送打印文件消息，而在打印机忙时则发送另一个消息：存储文件。

④ 从此序列图可以反映出在打印过程中消息在类中活动的时间序列关系以及各个类在消息作用下的活动顺序。

6.1.5.4 协作图

协作图主要描述为实现某一目标所建立的类间链接及消息交互。协作图所强调的是链接与交互过程，而并不强调时间性，但它也通过标识符给出时间标志。

协作图主要由三种模型元素组成。

① 类：协作图中的类是参与协作的相关类，它由矩形及设置内部的类名组成（有时还会有其他模型元素参与，如角色等）。

② 链接：表示类与类之间的协作关系，可用直线段表示。

③ 消息：建立类间的交互关系，具体描述与序列图相同。

此外，还有消息编号，可表示消息的序列，编号采用按字典排序的序列制，消息编号放于消息附近以表示消息的顺序。

图 6.18 给出了例 6.2 中的协作图表示形式。

6.1.5.5 状态图

状态图描述系统的生命周期，而且主要描述类的生命周期。状态图主要由状态与事件两部分组成。

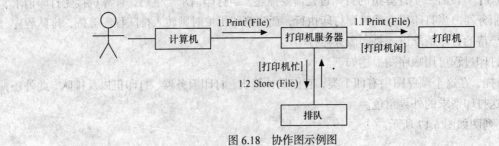

图 6.18　协作图示例图

1. 状态（state）

任一个类在任一个时刻均有一个表示其生命周期所处阶段的值，称为状态。类中状态的值一般由类内某些（或某个）属性值表示。下面给出一些类的状态。

- 计算机（类）：运行或停止（状态）；
- 窗户（类）：打开或关闭（状态）；
- 汽车（类）：开动或停止（状态）；
- 工人（类）：在岗或下岗（状态）；
- 人（类）：工作、娱乐或休息（状态）。

一个类自创建后即处于某个状态中，此后不断变化直至类删除为止，因此状态图有起点与终点，它们可分别用图 6.19（a）与图 6.19（b）所示符号表示，而类中的状态可用图 6.19（c）所示符号表示。

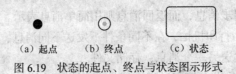

（a）起点　　　（b）终点　　　（c）状态

图 6.19　状态的起点、终点与状态图示形式

2. 事件（event）

类中状态是可以转换的，引起其转换的是事件，事件可用带箭头的线段表示，其事件名可设置于线段附近。在类中，事件往往是消息。当事件发生时状态即行转换，此时称"触发"或"点火"。

3. 状态图

由状态与事件可构成状态图，状态图是一种动态类的生命周期活动图。图 6.20 及图 6.21 给出了两个简单的状态图。

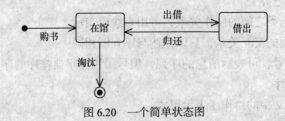

图 6.20　一个简单状态图

在图 6.20 中展示图书馆藏书的状态变化，在购进书后，藏书即出现两种状态：在馆与借出，它在事件"出借"与"归还"作用下，进行状态转换，最终在淘汰后结束。

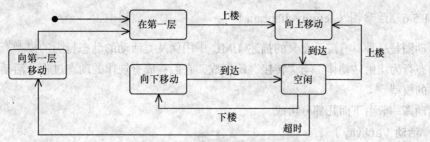

图 6.21　电梯活动状态图

在图 6.21 中电梯活动是一个典型的状态图，在初始状态时电梯处于第一层，它能依据按钮向上移动、向下移动或空闲，当它处于空闲且超时时，它就会返回到第一层，在此状态图中有起点但无终点。

4. 状态的详细表示

从具体表示看状态由三部分组成。

① 状态名：它给出状态命名。

② 状态变量：它给出状态值的变量。一般情况下，它可用类中某属性变量表示。

③ 活动：它为可选的活动表，列出该状态的有关事件与活动，其语法结构为：事件名参数表/动作表达式。

这三个部分可用图 6.22（a）表示，而图 6.22（b）则给出它的一个实例。

状态转换一般由三部分内容组成，它们是事件、监护条件与动作。它的语法结构是事件[监护条件]/动作。其中事件给出引发转换的事件；监护条件是一个逻辑表示式，它或为真或为假，将事件与监护条件放在一起表示当事件出现时并且监护条件为真时状态转换才发生；最后，动作是一个表达式，当状态转换发生时即执行动作。

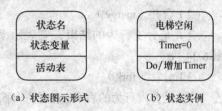

（a）状态图示形式　　　（b）状态实例

图 6.22　状态表示图

根据这种表示，可以将图 6.21 所示的状态详细表示成图 6.23 所示。

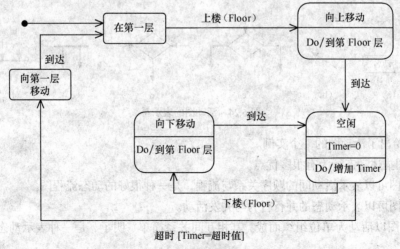

图 6.23　电梯活动状态图

6.1.5.6　活动图（activity diagram）

活动图是一种具有广泛意义的描述 UML 中用例及类活动的动态行为的模型。我们知道，任一种动态行为均由"动作"与"转接"所组成，它们构成有规律的动态过程。活动图即是描述这种过程的模型。

活动图一般由下面几部分组成。

1.　活动（activity）

活动又称活动状态，它是现实世界中某行为的执行结果。活动是活动图的基本元素。整个活动图是由活动组成的。活动一般由不带角的矩形表示，在矩形内标以活动名，见图 6.24（a）。

2.　转接（transition）

活动图是有顺序关联的，它称为转接。它一般可用带箭头的实线段表示，见图 6.24（b）。

3.　起点与终点

活动图有起点与终点，其表示方法与状态图中的起点、终点的表示一样。

4.　条件行为

活动图中表示活动间的关系可称条件行为。在活动图中一共有以下四种条件行为。

（1）分支（branch）

分支是条件行为中最为常见的一种，它表示单个进入转接及多种互斥的外出转接。它只接纳一个外出转接，并通过监护指明。分支可用菱形表示，见图 6.24（c）。

（2）合并（merge）

合并是分支行为的结束，它表示多个输入转接和单个输出转接。它也可用菱形表示，见图 6.24（d）。

（3）分岔（fork）

分岔是并发行为的表示。它有一个输入转接和多个可同时进行的外出转接。它可用图 6.24（e）中所示符号表示。

（4）汇合（join）

汇合也是一种并发行为的表示，它给出了并发中的同步行为。它有多个并发输入转接并且在此处汇合后作统一的一个外出转接。它可用图 6.24（f）中所示符号表示。

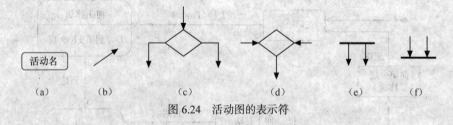

活动名
(a)　　　(b)　　　(c)　　　(d)　　　(e)　　　(f)

图 6.24　活动图的表示符

图 6.25 给出了活动图的一个实例。

用活动图描述动态行为有很多优点。

① 活动图可以表示活动间的顺序关系与流程，是一种很好的动态流程图。

② 活动图可以表示动态的并行行为与并发活动。

③ 活动图以活动为单位组织而成，其相互间关系简单、明了，是一种表示动态行为的简明方法。

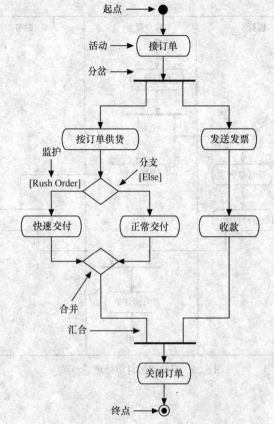

图 6.25　活动图实例——订单处理活动图

但是活动图也存在一些不足之处，最主要的是，它仅给出活动间关系，而无法给出活动是由谁处理与执行的，即活动与执行活动主体、类或角色间的关系。为解决此问题，必须在活动图中引入泳道（swim lane）的概念。

在活动图中为了能加入执行活动主体的语义，需在图中纵向划分出若干个区，它像游泳池中的泳道一样，因此称为泳道。在每个泳道中标明一个执行活动的主体，而将所有该主体所执行的活动均设法放入该泳道内，从而构成一个带泳道的活动图。实际上它是一种二维活动，它将活动与活动间关系以及活动与活动执行主体间关系以二维形式表示出来。

图 6.26 给出了一个带泳道的活动图。这个图一方面给出了订单活动的相关流程，同时也给出了执行活动的三个主体（履行、客户服务与财务）与活动间的关系。

活动图目前主要用于两个方面。

① 在用例图中描述用例的动态活动过程，在此中执行活动的主体一般是角色。

② 在动态建模中用于描述动态行为，在此中执行活动的主体一般是类。

6.1.6　物理构架

前面两节所介绍的静态模型与动态模型是 UML 中系统的抽象层次构架，在本节中我们介绍系统物理构架，物理构架包括系统的软件与硬件的结构，再与前面模型相结合还可以描述系统中抽象层次与物理层间的关联。

物理构架中的软件结构可用组件图表示，而其硬件结构则可用展开图表示。这两种图给出了

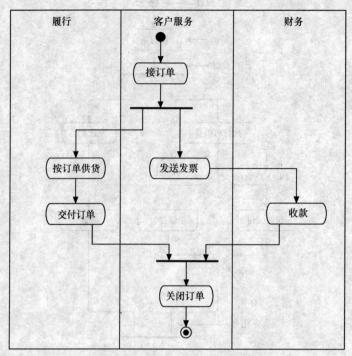

图 6.26 带泳道的订单处理活动图

UML 中完整的物理构架。

6.1.6.1 组件图

1. 组件

组件表示软件代码的物理模块，而组件图则表示系统中组件及其依赖关系。

组件在开发环境下实际上是实现的文件。组件一般有三种。

① 源组件：该组件表示源代码，它是实现一个（或多个）类的源代码文件。

② 二进制组件：该组件表示源组件编译的结果，是一个二进制对象代码文件。

③ 可执行组件：该组件表示一个可执行程序文件，它是链接相关二进制组件所得的结果。

组件可用矩形表示，其左边带有一个椭圆与两个小矩形，并在矩形内标以组件名，其图示形式可用图 6.27（a）表示，而图 6.27（b）则给出了它的一个实例。

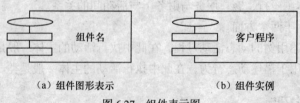

（a）组件图形表示   （b）组件实例

图 6.27 组件表示图

2. 组件间的依赖

组件之间存在着依赖关系，常见的有以下几种。

① 二进制组件依赖于源组件。

② 可执行组件依赖于二进制组件。

此外还有一些其他的依赖。

图 6.28 显示的是一个可执行组件，通过链接对象代码与图形库的组件产生。

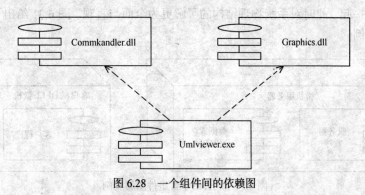

图 6.28　一个组件间的依赖图

组件间有时还可有其他的关系，如关联等。

在 UML 中组件是类，但仅仅是可执行的组件可能有实例，组件图只能将组件显示为类，而为了显示组件的实例必须使用展开图。在展开图中可执行组件的实例被指派给执行它们的节点实例。

6.1.6.2　展开图

展开图描述系统硬件设备及其间的拓扑关系，它是系统中最底层的物理描述，展开图由节点及节点间的连接两部分组成。

1. 节点

展开图中的节点表示系统中的硬件设备，如计算机、打印机以及通信设备、机械设备等。节点可用长方体表示，并可在其内放置节点名，同时可注明节点的能力（如计算机型号、内存及磁盘容量等）和地理位置，如图 6.29（a）给出了节点的图形表示，而图 6.29（b）则给出了节点的实例。

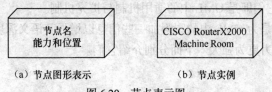

（a）节点图形表示　　　　（b）节点实例

图 6.29　节点表示图

2. 连接

展开图中节点间有通信关联，它可用节点间的直线表示。图 6.30 表示了一个展开图的实例，在该实例中给出了三层的 C/S 结构图。

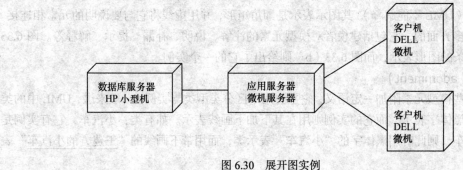

图 6.30　展开图实例

3. 展开图与组件图

在 UML 中展开图与组件图是可以分开绘制的，但有时为了标明组件所处的物理位置，也可将两种图合并在一起，此时对系统物理结构的了解更为全面与直观。图 6.31 给出了展开图与组件图合并绘制的实例。

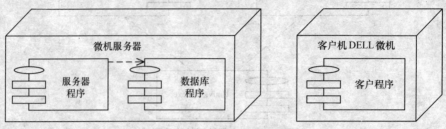

图 6.31　展开图中含组件图的实例

有时，在组件图内也可包含包的类图，用它表示组件与类图（包）的关系，亦即表示该组件是所包含的类图（包）的程序模块。图 6.32 给出了组件图中包含类图的一个实例，它有一个控制器（节点），控制器内有一个控制程序模块（组件），而该模块的静态模型为 Thermometer Controller（类图），该图是一个三重包含的图例，即是展开图—组件图—类图。

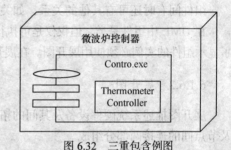

图 6.32　三重包含例图

6.1.7　通用机制与扩展机制

上面几个部分给出了 UML 的基本模型元素，利用它就可以构作 UML 的模型。但这种模型还仅是简单与基本的，若要构作复杂的与表现能力深刻的模型，则尚需一些补充的模型元素以及有更深语义的扩展机制，它们即是 UML 中的通用机制与扩充机制。

UML 中的通用机制是为 UML 中的图附加一些信息以增强其语义深度，而扩展机制则是扩充 UML 的功能使其表示能力更为强大。下面分别介绍它们。

6.1.7.1　通用机制

UML 的通用机制包括便条与修饰等，它通常是在无法用基本模型元素表示时用附加信息以增加相关模型元素的语义。

1. 便条（note）

便条可以用于任何模型元素处，为其添加一些模型元素所无法表达的附加信息。便条的信息类型是字符串（UML 不能解释），其图示表示是翻角矩形，并用虚线将它与要说明的元素相连接。便条的内容是多方面的，它包括建模者对模型元素的注解、说明、补漏、提示、解释等。图 6.33（a）给出了便条的图形表示，而图 6.33（b）则给出了它的一个实例。

2. 修饰（adornment）

修饰为某些模型元素附加一定语义，它主要用于区分类型类与实例。一般来讲，UML 中的类型（类）均用黑体字表示，而它的实例则用在其下加下画线表示。如有类：小汽车，它有实例是王建方的小汽车，则此时用黑体字的"小汽车"表示类，而用带下画线的"<u>王建方的小汽车</u>"表示实例。

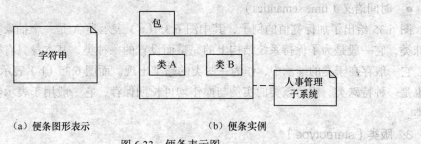

（a）便条图形表示　　　　　　　　　（b）便条实例

图 6.33　便条表示图

6.1.7.2　扩展机制

UML 除具有基本模型元素外，还有一定扩展能力，以保证其充分的描述能力。UML 扩展机制主要是在原有模型元素上增加一些新的语义，这包括重新定义、增加新的语义以及对原有语义作一定限制等。UML 的扩展机制的核心内容是约束、加标签值及版类三部分。

1.　约束（constraint）

约束是对模型元素设置一定的限制，使之具有更为明确的语义，约束常用于类图中的类、关联及类中实例。其形式为{约束条件}，约束条件是一个逻辑表示式，约束一般放置于所限制模型元素的附近。图 6.34 给出了约束的一个实例。在该实例中，老年人类的约束为年龄大于 60 岁。

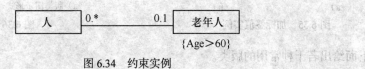

图 6.34　约束实例

在 UML 中设置了 14 个标准约束，它们是关联、全局、局部、参数、自我、完整、不相交、不完整或有序、投票、广播等。此外，用户还可以自定义约束。

2.　加标签值（tagged value）

在 UML 中某些模型元素可加一些性质以加深人们对其的理解，称为加标签值。加标签值有两种，一种是 UML 中预先定义好的性质，另一种是用户自定义的性质。它们的表示方法不同，其中第一种只要直接写明性质，外加花括号即可；而第二种则需用性质名及性质值对表示，其形式为{性质名=性质值}，它一般放置于所说明模型元素附近。

加标签值一般常用于对类、类型、实例、操作及属性的性质说明。

在 UML 中有九种常用的加标签值，它们是：

- 不变性（invarint）
- 前置条件（pre-condition）
- 后置条件（post-condition）
- 责任（responsibility）
- 抽象（abstract）
- 持久性（persistence）
- 语义（semantics）
- 空间语义（space semantics）

● 时间语义（time semantics）

图 6.35 给出了加标签值的例子，其中图 6.35（a）表示类 A 是一个抽象类。抽象类是一种特殊类，它一般为了保持系统结构上的完整而设置的一种类，其本身只有类名而无实例与操作，它一般存在于类的继承中，作为一些类的超类出现。而图 6.35（b）表示类 A 是持久性类，它也是一种特殊类，表示该类的实例与操作均可长期保存，它一般用于表示数据库或文件形式的类。

3. **版类（stereotype）**

版类是在已有的模型元素上增加新的语义，使原有通用性模型元素具有专有化意义。版类可以建立在所有模型元素之上。在 UML 中定义有 40 种以上固定的版类，它们对扩展 UML 功能起着重要作用。此外，在 UML 中还可以自定义版类，以丰富版类的内容。

版类的表示方法有多种，其中最常用的是在模型元素旁加带双尖括号的版类名，如图 6.36（a）所示。图 6.36（b）给出了版类的一个实例。版类是一种非常有用的扩展机制，它可以避免使 UML 过分复杂化，又能使 UML 适应多种领域的需求。

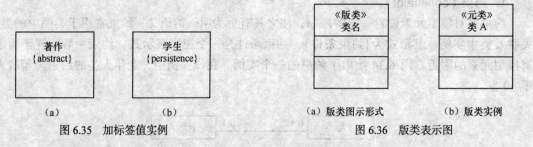

图 6.35　加标签值实例　　　　　　　　　图 6.36　版类表示图

下面给出若干种常用的版类。

① 类的三种专有化。目前，在系统中类可依据它在逻辑结构中的地位分为三种版类，它们是：

● 实体类——是能持久保持的类，它多用于数据库中；
● 边界类——是系统与外界接口的类，它多用于与外界对话、窗口和通信中；
● 控制类——是系统中用于处理、操作的类，它多用于数据计算、推演及数据处理。

这三种类可以用图 6.37 所示的三种图示符号表示。

图 6.37　三种类的版类表示法

② 元类：元类是一种版类化的类，它表示类的类，即它的实例也是类，元类的表示是《Metaclass》。

③ 信号：信号是一种版类化的类，它表示该类可以发送异步消息，信号的表示是《Signal》。

④ 接口：接口是一种专有化的类，在该类中没有属性，只有用于接口的操作，它用于包、组件及类间的接口中。它的表示方法是一个带接口名称的小圆圈，在接口与应用它的模型元素间用直线相连，在接口中调用接口的模型元素与其是依赖关系。在接口的类表示形式中该接口类可用《Interface》表示。图 6.38 给出了接口的一个实例。

⑤ 角色：角色是一种类的专有化，它表示该类是功能模型中的角色，它可用《Actor》表示，或用表示角色的小人来表示，图 6.39 给出了角色的实例。

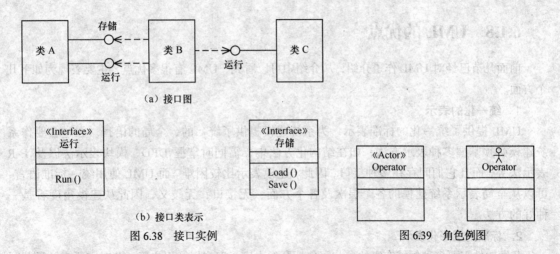

（a）接口图

（b）接口类表示

图 6.38 接口实例 图 6.39 角色例图

⑥ 类的两种专有化。目前，在系统中有两种不同的活动类，它们是进程与线程，因此可以将它们分为两种版类：

- 线程类——是系统中的一种轻控制流的类，可用《Thread》表示；
- 进程类——是系统中的一种重控制流的类，可用《Process》表示。

线程类与进程类在操作系统应用中极有价值。

前面的①～⑥中有九种版类，是它在类中的应用；下面的⑦～⑨中共有三种版类，是它在模型元素相关性中的应用。

⑦ 使用：使用是一种类间连接关系的专有化，它表示类 A 与类 B 间的连接有调用关系，可用《Uses》表示。

⑧ 友元：友元是包之间相关性关系的专有化，它表示源包可以调用目标包中的公开、保护和私有元素，但不能看到实现，友元可用《Friendly》表示。

⑨ 包含：包含是模型元素间依赖性关系的专有化，它可用《Include》表示。

下面的⑩～⑮是版类应用于组件的表示。

⑩ 版类化组件应用：它表示一个可执行的程序，它可用《Application》表示。

⑪ 版类化组件文档：它表示一个文档，它可用《Document》表示。

⑫ 版类化组件文件：它表示一个源代码文件，它可用《File》表示。

⑬ 版类化组件库：它表示一个静态或动态库，它可用《Library》表示。

⑭ 版类化组件页面：它表示一个 Web 页面，它可用《Page》表示。

⑮ 版类化组件表：它表示一个数据库表，它可用《Table》表示。

图 6.40 给出了版类用于组件的一些实例。

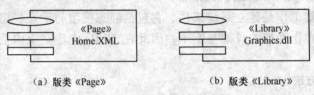

（a）版类《Page》 （b）版类《Library》

图 6.40 版类用于组件的实例

此外，版类还可以自行定义，以增加 UML 的应用领域与范围。

6.1.8 UML 的优点

前面几节已经对 UML 作了介绍，从介绍中可以看到，UML 有很多优点，主要表现为如下几个方面。

1. 统一化的表示

UML 提供了统一化的标准表示，为系统建模提供了统一的、全局的语言。在过去要作系统建模必须掌握多种表示方法，如在结构化方法中，需同时掌握 DFD、模块表示法以及 E-R 表示法等，而且它们间存在多种接口，因此，建模表示比较困难。而 UML 使用统一标准语言，可以从全局表示系统建模的各个层次及各个方面，无接口，无歧义，因此从建模角度看是一种好的方法。

2. 标准的图形化表示

开发软件需要多种领域专家的参与，包括开发专家、客户以及用户等，此时需要有一种共同语言以进行彼此的交流，而 UML 即是一种进行交流的极好工具。它既是一种标准的语言，又是一种图示化的语言，既易于理解，又具有统一表示形式，可以实现开发中分析、设计与实现间的交流，也可以实现客户与开发者的交流。

3. 能适用于多种开发过程

UML 是一种语言，它为系统开发提供工具，本身并不代表一种固定的开发方法。它能适合于多种系统开发方法，包括生命周期法、快速原型法以及螺旋模型法等，当然也包括 UML 开发者能推荐的 Rational 统一过程方法，因此 UML 能应用于多种开发方法中。

4. UML 的 CASE 工具

UML 是一种标准的语言，因此可以开发 CASE 工具，以支持该语言，从而可以为 UML 的推广、使用提供支撑。目前，市场上已有多种 UML 的 CASE 工具，它们可以为 UML 建模提供极大的方便，有关此方面的内容可见后面 6.3 节的介绍。

6.1.9 UML 的开发特点

从前面介绍的 UML 看，UML 在系统建模中有很多特点。

1. 用例驱动（use–case driver）

在系统建模中功能性模型是基础，它提供了系统基本需求与最终驾驭要求。在 UML 中则表示为用例视图，而其他视图均以用例视图为依据构作，用例视图是其他视图的出发点，故而用例视图在系统建模中具有特别重要的意义，我们说用例视图起到驱动其他视图的作用，因此叫做用例驱动。

2. 以架构为中心（architecture–centric）

系统建模的主要工作是建立系统架构，它包括静态模型与动态模型，它们提供系统抽象层次的结构，是构作系统的骨架与躯干，因此在 UML 中建立架构是保证系统开发成功的关键。

3. 合理的开发方法

UML 是一种开发工具，而并不是一种开发方法，它能适应多种开发方法。由于其表示统一，易于交流以及可用工具支持，所以它特别适合于以迭代与递增为特色的开发方法，这为系统建模、适应与满足客观需要提供了有力支撑。

6.2 Rational 统一过程

6.2.1 Rational 统一过程概述

UML 是一种建模语言，它与系统开发过程是两个不同的概念，可以用它作工具对各种不同系统开发过程建模，但是由于 UML 的多种特性，它特别适合于某些系统开发过程，这种过程称 Rational 统一过程（rational unified process），简称 RUP。所以，我们说 Rational 统一过程是一种特别适合用 UML 开发的过程。

Rational 统一过程是由创立 UML 的三友在原 Jacobson 所创立的过程基础上所推出的一种系统开发过程，它特别适合用 UML 表示，这主要是由于 UML 有如下表示上的特殊优点。

① UML 表示简易，易于理解，特别适合于各领域专家进行交流。

② UML 是一种表示开发过程全局性的语言，只要掌握一种语言即能进行整个开发过程的表示与交流。

③ UML 目前有多种 CASE 工具，因此使用极为方便。

利用这些优点可以使系统在开发过程中不断交流、不断修改与不断扩充，以获得最终的开发结果，能充分满足客户的需要。Rational 统一过程即是适应此种需要的开发过程。所谓统一过程，即表示在系统开发过程中使用同一种开发方法与同一种表示形式。而 Rational 统一过程即是以三友所在的公司（Rational 公司）命名的统一过程。

Rational 统一过程主要由两部分组成，它们是四个开发阶段与两种开发手段：

● Rational 统一过程的四个开发阶段是初始阶段、细化阶段、构造阶段以及过渡阶段；

● Rational 统一过程的两个手段是迭代与递增。

下面两节将对它们作详细介绍。

6.2.2 Rational 统一过程中的四个阶段

Rational 统一过程由四个阶段组成，它们是初始阶段、细化阶段、构造阶段与过渡阶段，它们可用图 6.41 表示。

图 6.41　Rational 统一过程的四个阶段

1. 初始（inception）阶段

系统开发过程的初始阶段是提供项目可行性及初始需求的阶段，即在此阶段中提示"做什么"，而并不给出怎么做。在此阶段中要给出系统的大致功能、系统边界、外部角色以及它们间的交互关系，所有这些可用简单用例图表示。

初始阶段还可有一个项目词汇表，以规范后面阶段的专业用语。

初始阶段还可以包括项目风险评估及项目规划，这些是项目的非技术性内容。

初始阶段的结束有一个里程碑，它可用相关文档表示。

初始阶段是系统开发的基础，此阶段如未获通过则项目就应该取消。

2. 细化（elaboration）阶段

细化阶段是在初始阶段基础上对系统作细化，它包括如下的一些内容。

① 需要作更深入广泛的了解，建立较为完善的用例视图。

② 建立系统的静态模型与动态模型。

③ 建立系统的物理构架。

此阶段的主要工作是进行系统分析与设计，同时还需对需求作进一步了解。这个阶段是四个阶段中最重要的阶段，它给出了系统"怎么做"的架构，所有系统内部的静态/动态逻辑关联都在此阶段给出，此阶段的成功运作将是系统成功的关键。

细化阶段结束有一个里程碑，它可用相关文档给出，其内容包括详细的用例视图以及系统逻辑视图与并发视图。

此阶段如未获得通过则开发过程即行停止，它将无法转入构造阶段与过渡阶段，因为此阶段是系统构作的关键阶段，若系统构架不成功则表示系统无法实现，因此项目只能终止。

3. 构造（constraction）阶段

构造阶段是系统形成产品的阶段，它建立在细化阶段之上，在建立了系统构架基础上开发所有代码，并进行测试与集成最终形成产品，它所提交的内容应包括下面几个部分：

- 一个集成的软件产品
- 用户手册
- 对当前版本的描述

构造阶段结束有一个里程碑，它用相关文档及一组软件产品代码表示。这个软件产品我们一般称为 Beta 版本。

构造阶段产品的生成过程需经过不断的修改、更正与扩充，这是一个复杂的过程，这主要是因为在其中涉及系统的测试所产生的后果及引起的结果。

构造阶段结束后产品可进入过渡期，但如此阶段未获通过则产品必须推迟进入过渡期，并作进一步修改使其最终获得通过。

4. 过渡（transition）阶段

这是 Rational 统一过程的最后一个阶段，此阶段的任务是将产品的 Beta 版本进行一定的修改与更新或增减一些功能，最终形成正式版本向用户发布，同时最终形成用户文档（包括用户手册、程序员手册等），接着进行培训并向市场进行新产品展示。

过渡阶段结束有一个里程碑，它用相关文档以及正式发布的软件产品代码表示。

6.2.3　Rational 统一过程的两种手段

在 Rational 统一过程的四个阶段执行过程中我们会发现，其每个阶段以及若干个阶段中均会产生不断的重复过程，以及不断修改、扩充的过程。这主要是由于系统的整个开发过程是一个很复杂的过程，对客观世界深入的了解是一个长期过程，又由于开发人员与客户间不同领域、不同侧面以及不同观点的差异，需进行反复交流、沟通才能形成。因此要允许在开发过程中不断认识、不断交流以及不断修改，以使最终产品能满足用户的要求，这是一种客观的规律，是不能违背的。过去要求系统的开发不反复、不修改与不扩充是不符合客观实际的。特别是在现代系统越来越复杂与庞大时，允许在开发过程中引入不断反复的过程是极端重要的，这种过程就是 Rational 统一过程中的迭代与递增。下面对它们作介绍。

1. 迭代（iterative）

迭代是 Rational 统一过程中的一个重要手段。所谓迭代即是反复、重复之意，它表示着在开发过程的每个阶段或多个阶段都可以不断地反复进行，对所构作的模型不断修改、增加与删除，以使所构作的产品更接近客观的目标，并最终构造成一个满意的产品。

迭代可以从初始阶段开始，对初始需求可作迭代，并最终从功能上达到客观的需要。在初始阶段的迭代过程也会影响到其后续阶段，因此初始阶段的一次迭代也意味着细化、构造而直至过渡阶段的迭代。

细化阶段的迭代是不断反复构作构架并使最终的构架能符合初始阶段的目标要求。细化阶段的迭代过程也会影响到构造与过渡阶段，因此细化阶段的一次迭代也表示着构造与过渡阶段的迭代。

构造阶段的迭代是对产品生成的不断反复与修改，并使其最终能符合细化阶段的要求，同样，构造阶段的迭代过程也会影响到过渡阶段。因此，构造阶段的一次迭代表示着过渡阶段也需进行迭代。

最后，过渡阶段也需要迭代，以最终得到一个正式的版本，通过不断迭代所获得的最终版本应是一个符合客观要求的版本。

在产品构作中迭代是以产品的版本更新作为单位进行的，因此迭代的结果往往体现在版本更新中。在 Rational 统一过程的四个阶段中迭代过程可用图 6.42 表示。

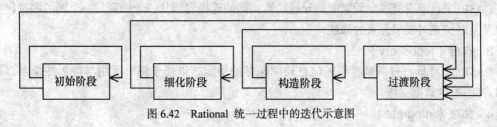

图 6.42 Rational 统一过程中的迭代示意图

2. 递增（incremental）

递增是 Rational 统一过程中的另一个重要手段，递增意即增加，它表示开发过程中功能的增加。由于在 Rational 统一过程中功能的增加主要体现在初始阶段，所以递增需要对初始阶段作修改与扩充。由于初始阶段的变动涉及整个四个阶段的变动，所以递增是整个开发过程的变更。

以递增为手段构作产品是一部分一部分逐步（递增）构造的，而每一次递增又会经历多个版本（迭代）。图 6.43 给出了递增的示意图。

将迭代与递增协调使用，即一个软件产品是逐步（递增）构作而成的，而每次递增又是经历多个版本的（迭代），这是开发系统必然的客观规则。

在 Rational 统一过程中不断的使用迭代与递增使得整个过程十分方便与灵活，它既能适应人类对客观世界认识的逐步性，又能最终获得满意的产品，因此这是一种极好的手段，它与 Rational 四个开发过程结合，使其效果更为明显。当然，它也可以应用于其他的开发过程中。

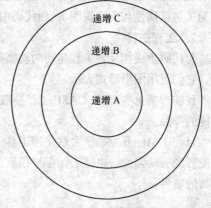

图 6.43 递增示意图

6.3　UML 建模工具

使用 UML 需要相应的工具支持，这些工具称为 CASE（computer-aided software engineering），现有的 UML 的 CASE 工具可为 Rational 统一过程的所有阶段提供支持。UML 的最早 CASE 工具是 Rational 公司的产品"Rational Rose"，它出现于 1998 年，当时它已具有基本的 UML 开发的辅助功能。随着 UML 应用范围的不断扩大，更多 UML CASE 工具在市场上出现，比较著名的有 Argo UML、System Architect 等，有的还可在网上免费下载（如 Argo UML 可以在 www. Argo UML.org 上找到安装此软件的信息以及一份介绍性材料）。

目前 UML CASE 工具一般有如下功能。

1. 画图（draw diagram）

画图是 UML CASE 工具的基本功能，它能画出 UML 的各种模型元素，构作如类图以及相关操作如修改、删除、增加、调换、着色等，同时提供相关的语义和规则，以纠正错误的作图方式。

2. 导航（navigation）

CASE 工具能支持模型元素间的导航功能，即使建模者能从一个图到另一个图的跟踪模型元素以及及时扩充对模型元素的描述。

3. 存储（repository）

CASE 工具具有将所画模型的信息长期保存的功能，以便于模型重用与持久性检索，并为 UML 作图提供数据支撑。

4. 集成（integrate）

CASE 工具能将 UML 中的多种工具包括建模工具、开发工具、测试工具、文档工具、工程管理工具集成在一起，构作一个统一的集成平台。

5. 多用户支持

为便于相互协作与交流，UML 的 CASE 工具具有能让多个用户在同一个模型上协同工作而彼此间没有干扰的能力。

6. 代码生成

UML 的 CASE 工具具有部分代码生成功能，目前所能实现的仅是静态模型的部分，如类的声明（包括属性与方法说明），而代码中的方法主体（动态信息）仍需手工编程。

7. 工程逆转

与代码生成相反，工程逆转的功能是将静态模型中的代码转换成模型的结构，即静态的类结构，它们可用图形形式表示。

目前市场上的 UML CASE 工具一般可以具有上面所述的大部分功能，但是尚未见到具有全部功能的产品。

目前 UML 开发系统大都使用工具，这不仅可以简化过程开发，还可以做到便于交流，减轻建模者的劳动强度，也便于保存与积累，因此 UML CASE 工具的使用使 UML 应用达到了新的、更高的境界。

本章小结

本章介绍 UML 建模语言，它是为下一章基于 UML 的系统分析与设计做前期准备，同时也可为学习 UML 提供全面介绍。

1. UML

- 建模语言；
- 具有统一、标准的表示形式；
- 采用可视化表示方式；
- 采用面向对象方法。

2. UML 的构成图

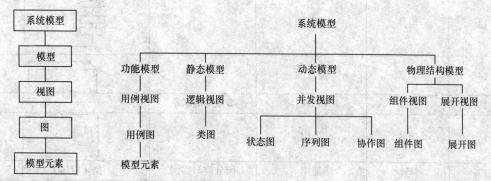

3. 模型元素

常用模型元素如下表所示。

序 号	模型元素名	主要使用范围	注 解	图 示
1	用例	用例图		⬭
2	系统	系统图		▭
3	角色	角色图		人形图
4	类	类图		三格框图
5	关联	类图	类间一般含义联系	
6	聚合	类图	类间整体与部分的联系	——◇ ——◆
7	继承	类图、用例图	类间一般与特殊的联系	——▷
8	依赖	类图、用例图、组件图	类间依赖关系	- - - -▷

序　号	模型元素名	主要使用范围	注　解	图　示
9	包	通用	子系统	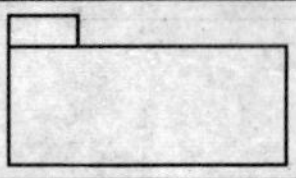
10	消息	序列图、协作图、状态图		
11	类生命线	序列图		
12	状态	状态图		
13	组件	组件图		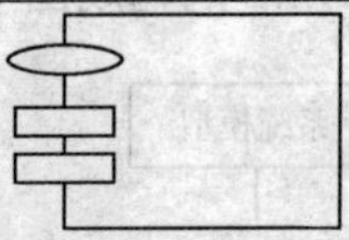
14	节点	展开图		
15	连接	展开图	节点间的联系	
16	便条	通用		
17	修饰	通用	区分类与实例	类（粗体），实例
18	约束	通用	设置限制	{　　　　}
19	加标签值	通用	设置性质	{　　　　}
20	版类	通用	设置新的语义	《　　　　》
21	实体类	类图	版类的一种——存储	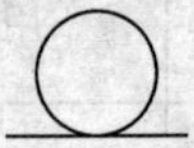
22	边界类	类图	版类的一种——界面	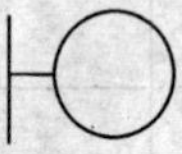
23	控制类	类图	版类的一种——处理	
24	接口	通用	版类的一种——接口	

4. Rational 统一过程

（1）一种特别适合于用 UML 开发的过程。

（2）开发的四个阶段：

● 初始阶段——可行性与需求；

● 细化阶段——分析与设计；

● 构造阶段——产品生成（Beta 版本）；

● 过渡阶段——正式版本发布。

（3）开发的两种手段：

● 迭代——反复与重复；

● 递增——功能增添。

（4）四个阶段与两种手段间的关系：

● 对阶段可用迭代；

● 对过程可用递增。

5. UML 建模工具

（1）用工具辅助建模是 UML 的一大特色。

（2）UML CASE 工具的功能：

● 画图

● 导航

● 存储

● 集成

● 多用户支持

● 代码生成

● 工程逆转

（3）常用工具有 Rational Rose、Argo UML 及 System Architect 等。

6. 本章重点

● UML 构成

● UML 模型元素

● 迭代与递增

习　题　6

6.1　UML 是一种什么性质的语言？它有什么特点？

6.2　UML 中的视图有什么含义？请解释之，并给出 UML 的所有视图以及分别说明它们的功能。

6.3　UML 中有哪几种图？请说明之并说出它们的功能。

6.4　什么叫模型元素？请说明之。试举 10 种模型元素，画出它们的图，并说明它们的使用范围。

6.5　什么叫版类？它有什么作用？请说明之，并给出常用的 10 种版类，说明它们的用途。

6.6　什么叫加标签值？它有什么作用？请说明之，并给出常用的 4 种加标签值。

6.7　请给出 UML 的构成。

6.8　什么叫 Rational 统一过程。

6.9　请给出 Rational 统一过程中的四个阶段，并作出说明。

6.10　试对迭代作出解释并说明其优点。

6.11　试对递增作出解释并说明其优点。

6.12　试解释迭代与递增间的关系以及它们在四个阶段中的作用。

6.13　UML 的 CASE 工具一般包括哪些内容？

6.14　UML 的 CASE 工具对开发系统起什么作用？

6.15　在学完此章后请你对 UML 作评价。

6.16　选一个小的应用并请试画一些 UML 的静态模型、动态模型以及功能模型。

第7章
基于UML的信息系统分析与设计方法

本章介绍用 UML 与 RUP 对信息系统作分析与设计，这种分析与设计方法适合于大型、复杂的系统，它是目前最为流行的方法，并且具有很多特点。

7.1 概 述

用统一建模语言 UML 以及 Rational 统一过程作信息系统分析与设计是当前最为流行的一种分析、设计方法。它在面向对象的分析与设计的基础上进一步规范与完善分析与设计，使之既能表示系统静态特征又能表示动态特征；既能表示抽象逻辑特征，又能表示需求功能特征及物理特征。因此它是一种较为全局、整体的反映系统分析、设计的工具，同时再结合 RUP 的优势，使之在分析、设计中更能反映客观实际的要求，因此这种分析、设计方法一般被普遍认为优于前面的两种方法，尤其适合于大型、复杂系统的分析与设计。用 UML 作分析与设计有如下的一些特点。

1. 统一性

UML 适应于系统分析、设计中的全过程，包括需求、分析、设计与实现四个部分，而且在概念上与表示上用统一标准的语言进行描述，避免了内部间的不必要的接口，并可在外部进行充分交流。

2. 二维模型

此方法充分吸收了 RUP 的方法，使整个分析、设计是在一种二维模型基础上进行的，亦即是说，它将需求、分析、设计与实现四部分再结合 RUP 中的初始、细化、构造及过渡四个阶段组成一个二维结构的分析、设计模型。按照这种模型组织分析与设计可使系统构作具有较好的完美性，有关此部分的介绍可见 7.2 节。

3. 工具

UML 已是一种标准，根据此标准目前已开发出多种工具，为使用 UML 提供了方便。因此用 UML 开发系统分析与设计可以充分利用此种工具，它不但方便开发使用，也便于相互交流与不断更新。

7.2 用 UML 作分析、设计的方法

传统的系统分析与设计方法是以生命周期为基础的，即系统的整个开发顺序可分为需求、分析、设计与实现四个阶段，它们像生命历程一样不可逆转，它构成了图 7.1（a）所示的模样。但是在 UML 及 RUP 中就不一样了，由于客观世界的经常变化以及人的认识能力的局限性，这四个

阶段实际上在现实生活中是彼此交叉的，其中的每一个并不构成一个完整的阶段，如在分析阶段中也会出现需求的改变，而在设计阶段中既会出现需求改变，也会出现分析改变。因此我们说，传统生命周期中的四个阶段在现实生活中并不构成阶段，它们中的每一个在开发的全程中均会产生改变，因此它们每一个都是开发全程中的一种工作流。所以，生命周期中开发的四个阶段在我们这里应是相互交叉的四种工作流，它们实际上提供了开发的技术环境与保障。那么，系统开发是否有阶段呢？我们说，系统开发是有阶段的，这个阶段就是 RUP 中的四个阶段，这四个阶段是一种纯粹的业务处理阶段，它反映了系统开发中真正经历的四个步骤与过程。它们具有顺序性与不可逆转性。

将系统开发中的阶段与技术环境相结合就构成了用 UML 作分析、设计的二维开发模型。它们可用图 7.1（b）表示。

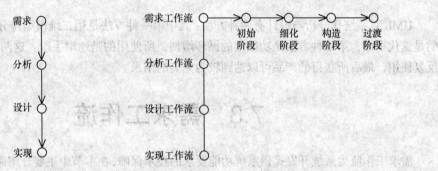

（a）生命周期法中的一维开发模型　　　　（b）UML 中的二维开发模型

图 7.1　开发模型比较图

在这种二维模型中，RUP 中的四个阶段与生命周期法中的工作流之间的关系可以用图 7.2 表示。

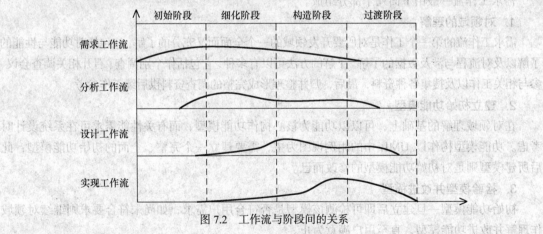

图 7.2　工作流与阶段间的关系

在图 7.2 中，四种工作流在每个阶段均会出现，当然其出现程度会有所不同，如需求工作流主要出现在初始与细节阶段，分析工作流主要出现在细化阶段，而设计工作流则出现在细化及构造阶段较多，而最后实现工作流即以构造与过渡阶段出现较多。

为实现四个工作流需要不断的应用 RUP 中的迭代，以保证工作流的完成。

此外，RUP 的四个阶段所构成的整个过程也可以从功能上循环增加，这是在功能上由简到繁的过程，是一种递增的过程。它也是用 UML 开发系统的方法之一。其工作过程可用图 7.3 表示。

最后，我们可以对 UML 作系统分析与设计的方法作总结如下。

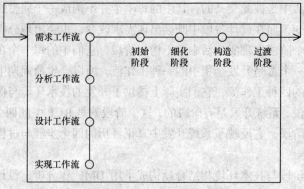

图 7.3 用 UML 作分析、设计的第二种方法示意图

UML 对系统作分析与设计有两种方法：其中第一种方法是用二维模型作分析与设计，所使用的是迭代手段；第二种方法是功能上的循环增加，所使用的是递增手段。这两种方法可以交叉、反复使用，最后所获得的产品可以达到较为完美的结果。

7.3 需求工作流

需求工作流为系统开发提供系统功能要求的技术保障，在本节中主要介绍需求工作流的过程、需求模型的构作并提供需求工作流的一个范例。

7.3.1 需求工作流程

需求工作流一般由下面几个部分组成。

1. 对领域的理解

需求工作流的第一个工作是对所要开发领域的一个全面而又充分的了解，它包括对功能与性能的了解以及对流程与涉及数据的了解。了解的方法可以有多种，它包括作个别调查、召开相关调查会议、参与相关工作以及搜集各种资料，最后，归并整理形成完整的调查资料供后续工作参考。

2. 建立初始功能模型

在对领域理解的基础上，可以以功能为核心构作功能模型，而有关性能需求可在系统设计时考虑。功能模型构作以 UML 中的用例视图为主，需要建立一个完整、全面的初始功能模型，此后所建模型则是对初始功能模型的修改而已。

3. 检验模型并改进模型

初始功能模型一旦建立后即可检测该模型是否符合用户需求，如尚未符合要求则继续对领域作理解并改进功能模型，直至用户满意为止。

在 RUP 的四个阶段中需求工作流程贯穿于全过程，但以初始阶段与细化阶段为主。在初始阶段中可以先构作一个较为宏观的需求，在细化阶段中将其深入与细化。有时为检验功能模型，还可通过细化构造过渡阶段形成进一步的结果以检验功能模型。当然，此种情况较为少见。

7.3.2 需求工作流中的 UML

在需求工作流中必须构作功能模型，它用 UML 中的用例视图构作。用例视图可由若干个用例图构成，每个用例图反映了一组完整的功能，它是一种宏观的功能描述。此外，还可用场景或

阶段实际上在现实生活中是彼此交叉的，其中的每一个并不构成一个完整的阶段，如在分析阶段中也会出现需求的改变，而在设计阶段中既会出现需求改变，也会出现分析改变。因此我们说，传统生命周期中的四个阶段在现实生活中并不构成阶段，它们中的每一个在开发的全程中均会产生改变，因此它们每一个都是开发全程中的一种工作流。所以，生命周期中开发的四个阶段在我们这里应是相互交叉的四种工作流，它们实际上提供了开发的技术环境与保障。那么，系统开发是否有阶段呢？我们说，系统开发是有阶段的，这个阶段就是 RUP 中的四个阶段，这四个阶段是一种纯粹的业务处理阶段，它反映了系统开发中真正经历的四个步骤与过程。它们具有顺序性与不可逆转性。

将系统开发中的阶段与技术环境相结合就构成了用 UML 作分析、设计的二维开发模型。它们可用图 7.1（b）表示。

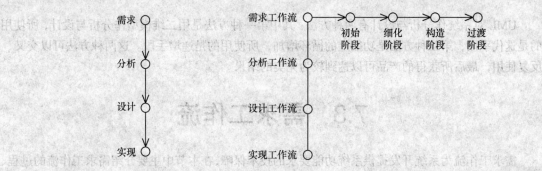

（a）生命周期法中的一维开发模型　　　　　（b）UML 中的二维开发模型

图 7.1　开发模型比较图

在这种二维模型中，RUP 中的四个阶段与生命周期法中的工作流之间的关系可以用图 7.2 表示。

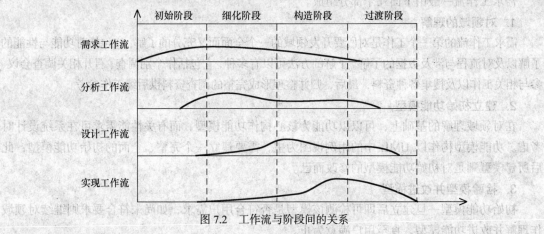

图 7.2　工作流与阶段间的关系

在图 7.2 中，四种工作流在每个阶段均会出现，当然其出现程度会有所不同，如需求工作流主要出现在初始与细节阶段，分析工作流主要出现在细化阶段，而设计工作流则出现在细化及构造阶段较多，而最后实现工作流即以构造与过渡阶段出现较多。

为实现四个工作流需要不断的应用 RUP 中的迭代，以保证工作流的完成。

此外，RUP 的四个阶段所构成的整个过程也可以从功能上循环增加，这是在功能上由简到繁的过程，是一种递增的过程。它也是用 UML 开发系统的方法之一。其工作过程可用图 7.3 表示。

最后，我们可以对 UML 作系统分析与设计的方法作总结如下。

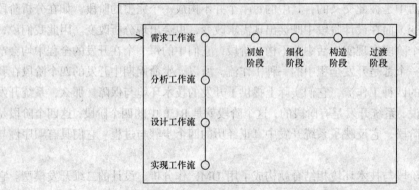

图 7.3 用 UML 作分析、设计的第二种方法示意图

UML 对系统作分析与设计有两种方法：其中第一种方法是用二维模型作分析与设计，所使用的是迭代手段；第二种方法是功能上的循环增加，所使用的是递增手段。这两种方法可以交叉、反复使用，最后所获得的产品可以达到较为完美的结果。

7.3 需求工作流

需求工作流为系统开发提供系统功能要求的技术保障，在本节中主要介绍需求工作流的过程、需求模型的构作并提供需求工作流的一个范例。

7.3.1 需求工作流程

需求工作流一般由下面几个部分组成。

1. 对领域的理解

需求工作流的第一个工作是对所要开发领域的一个全面而又充分的了解，它包括对功能与性能的了解以及对流程与涉及数据的了解。了解的方法可以有多种，它包括作个别调查、召开相关调查会议、参与相关工作以及搜集各种资料，最后，归并整理形成完整的调查资料供后续工作参考。

2. 建立初始功能模型

在对领域理解的基础上，可以以功能为核心构作功能模型，而有关性能需求可在系统设计时考虑。功能模型构作以 UML 中的用例视图为主，需要建立一个完整、全面的初始功能模型，此后所建模型则是对初始功能模型的修改而已。

3. 检验模型并改进模型

初始功能模型一旦建立后即可检测该模型是否符合用户需求，如尚未符合要求则继续对领域作理解并改进功能模型，直至用户满意为止。

在 RUP 的四个阶段中需求工作流程贯穿于全过程，但以初始阶段与细化阶段为主。在初始阶段中可以先构作一个较为宏观的需求，在细化阶段中将其深入与细化。有时为检验功能模型，还可通过细化构造过渡阶段形成进一步的结果以检验功能模型。当然，此种情况较为少见。

7.3.2 需求工作流中的 UML

在需求工作流中必须构作功能模型，它用 UML 中的用例视图构作。用例视图可由若干个用例图构成，每个用例图反映了一组完整的功能，它是一种宏观的功能描述。此外，还可用场景或活动图对每个用例作深入、仔细的流程性功能描述，这是功能模型的微观部分，将宏观与微观相结合可以较全面地反映功能需求。下面对用例图及其使用作详细介绍。

用例图可以反映系统的一组完整的功能需求，用例图中的需求是通过下面的一些方式来实现的。

1．用例

可将需求分解成若干个功能，功能可用用例表示，每个功能都有一个简单的描述。用例的有关介绍与表示方法可见 6.1.3 节。

2．角色

角色反映了需求中功能的参与者，角色可以是人也可以是物，还可以是一组人或一组事物，每个角色均有一个名字。在需求中需要列出所有参与功能活动并与功能有交互的角色，角色的有关介绍及表示方法可见 6.1.3 节。

3．系统

系统反映了需求中的功能边界与范围，在需求中必须给出系统。一般来讲，一个用例图中的所有用例构成一个系统，每个系统均有一个名字。系统的有关介绍与表示方法可见 6.1.3 节。

4．联系

在用例图中有多种联系，其主要联系是角色与用例间的关联，它表示了参与者与功能间的交互关系，通常是一种关联关系。此外，还有其他一些联系。

（1）用例间的关系

用例间的关系有下面两种。

① 使用关系：用例 A 可以使用（或调用）用例 B，它们之间因此建立了关系，这是一种带版类《Uses》的关系。它可用图 7.4（a）表示。例 7.1 给出了使用关系的一个实例。

【例 7.1】　在自动售货机中有用例"供货"、"打开机器"与"关闭机器"，它们之间存在使用关系，即"供货"用例在执行中须调用"打开机器"与"关闭机器"两种用例，其示意图可见图 7.4（b）。

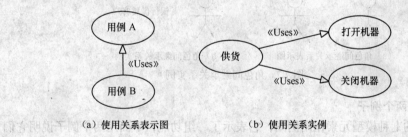

（a）使用关系表示图　　　　　（b）使用关系实例

图 7.4　使用关系图

② 扩展关系：一个用例 A 加入一些新的功能后构成一个新用例 B，它们之间存在功能上的扩展关系，这是一种继承关系，用例 B 继承了用例 A，它还可带有版类《Extend》，它可用图 7.5（a）表示，其具体实例为用例"签订保单"与"签订汽车购买保单"，这两个用例间具有扩展关系，它可用图 7.5（b）表示。

（2）角色间的关系

角色间也存在关系，一般常用的关系是角色间的关联关系与继承关系。

① 关联关系：角色与角色间往往存在某种联系，它们可用角色间的关联表示。如在图书馆中有角色"读者"与"图书馆服务人员"，其中"读者"与"图书馆服务人员"间存在委托借/还书的关系，它们可以用关联关系相连。图 7.6（a）给出了一般的角色间关联关系表示，图 7.6（b）则给出了"读者"与"图书馆服务人员"间两个角色的"委托借/还书"的关联关系。

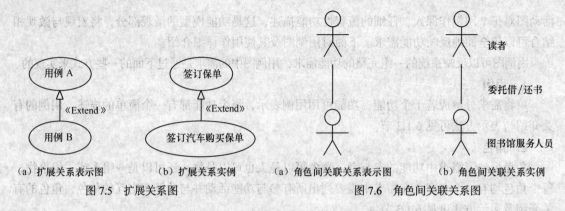

（a）扩展关系表示图　　（b）扩展关系实例　　　（a）角色间关联关系表示图　　（b）角色间关联关系实例

图 7.5　扩展关系图　　　　　　　　　　图 7.6　角色间关联关系图

② 继承关系：角色间一般存在有明显的继承关系，如角色 B 是角色 A 的某些特定身份代表，此时 A 与 B 即存在着继承关系，如有角色"银行客户"与"银行优质客户"，其中"银行优质客户"具有"银行客户"的一些特性，但它又有自己独特的个性，因此它与"银行客户"间有继承关系，它继承了银行客户的所有性质。这种角色间继承关系在构作用例图时很有用，它可以将角色间的共性抽象成一种新的角色以完成某些公共的职能，或者可以将一个大角色分解成多个具体的小角色以分担大角色具体的职能。图 7.7（a）中给出了角色间的继承关系的一般表示图，图 7.7（b）则给出了前面所述的实例。

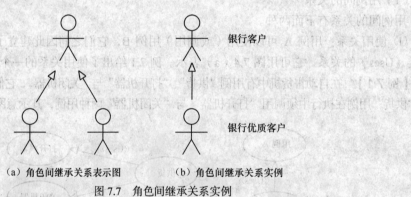

（a）角色间继承关系表示图　　　（b）角色间继承关系实例

图 7.7　角色间继承关系实例

5. 用例图的两个例子

可以用上面的七种模型元素作用例图，它表示了一组功能，下面用两个例子说明它们。

【例 7.2】　一个自动售货机的功能模型如图 7.8 所示。它有五个独立的功能，可用用例表示。用例间存在一些使用关系，这些用例构成了一个系统，叫"自动售货系统"，它共有三个参与者，它们分别是角色"客户"、"供货员"与"收银员"。角色与用例间存在关联关系，它们是"客户"与"卖饮料"、"供货员"与"供货"以及"收银员"与"取货款"之间的关系。

【例 7.3】　一个保险销售的功能模型可用用例图表示。它有三种功能，分别可用角色"签订保险合同"、"销售统计"及"客户数据资料整理"表示。这三个用例构成的系统称"保险销售系统"，它有两个角色参与者，可用角色"客户"与"保险推销员"表示，它们构成了一个如图 7.9 所示的功能模型。

6. 场景

在用例图中还可以用场景对用例作详细描述，它包括功能的详细描述、流程的详细描述以及其他与功能有关的描述。其描述方法一般用自然语言表示，有时也可用活动图表示，但以自然语言为主。

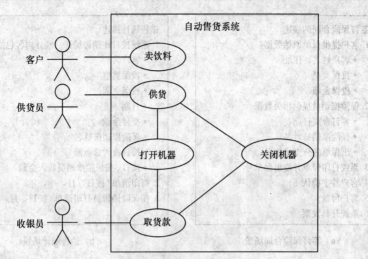

图 7.8　自动售货机的用例图及功能模型

图 7.9　保险销售系统用例图

【例 7.4】　在例 7.3 中所示的三个用例可以用场景细化其功能,这三个用例的场景可用图 7.10 中的 (a)、(b) 及 (c) 分别表示。

需要注意的是,对场景的描述可以有不同的细致程度,可用迭代不断的深化其细致的力度,使其最终能达到顺利编程的目的。在本例中所给出的仅是初始的需求,需要进一步的细化。

7.3.3　图书馆信息系统需求工作流介绍

下面我们以一个具体例子为核心,将需求、分析、设计及实现四个工作流与初始、细化、构造及过渡四个阶段结合在一起,作一个全面展开与构作的介绍。

【例 7.5】　一个图书馆信息系统的分析与设计,其主要处理要求是有关馆藏图书与杂志的借阅与保存。

在本章中主要是作需求工作流的介绍,特别是在初始阶段中的需求工作流的介绍。

此项分析、设计的需求首先是从领域理解开始的。

1. 领域理解（1）

图书馆信息系统的基本要求如下。

① 图书馆中的所有图书、杂志必须在系统中登记、注册。此项工作由图书馆管理员中的编目人员负责。

② 图书馆负责采购图书,并对旧书、过期期刊以及破损、遗失书刊应删除,此项工作由图书馆管理员中的服务人员负责。

签订保险合同的描述：
1. 客户提供保单原始数据
   - 客户姓名、住址
   - 投保类型
   - 投保金额
2. 保险推销员提供相关数据
   - 签订合同日期
   - 保险推销员姓名
   - 出保单的分支机构名
3. 系统打印保单并输出保单号
4. 客户签字确认
5. 客户付款
6. 系统开具发票

（a）签订保险合同场景

销售统计描述：
1. 系统按日作销售统计　统计内容包括：
   - 客户名
   - 投保类型
   - 投保金额
   - 日期
   - 交付金额
   - 保险推销员姓名
   - 按日收入总金额
   - 按日、按保险推销员收入金额
2. 打印清单（按日、月、季、年）
3. 按保险销售员打印清单（按日、月、季、年）

（b）销售统计场景

客户资料整理描述：
1. 系统整理客户资料：
   - 客户姓名
   - 客户住址
   - 投保类型
   - 投保金额
   - 投保日期
   - 保险销售员姓名
   - 保单号
   - 出保单分支机构名
   - 已付金额
   - 所欠金额
2. 系统提供对客户资料的查询、修改以及打印等功能

（c）客户资料整理场景

图 7.10　保险销售系统的三个用例场景

- 读者可以通过图书馆管理员借阅与归还书刊。
- 图书馆管理员中之服务人员可以对所借书刊进行书刊预订工作。
- 系统采用三层 C/S 结构模式，采用 Windows 2000 操作系统及 SQL Server 2000 数据库管理系统，还应有一个好的可视化用户界面。

2. 功能模型（1）

根据领域理解（1）的介绍可以用用例图构作功能模型如下。

（1）用例

- 借阅书刊
- 归还书刊
- 预订书刊
- 撤销预订
- 增加书目
- 删除书目
- 登记读者

- 修改与删除读者

（2）角色

- 读者
- 图书馆编目人员
- 图书馆服务人员
- 图书馆管理人员

（3）系统

- 图书馆信息系统

（4）关系

用例及角色的内部及用例、角色相互间有如下关系。

- 图书编目人员与增加书目间有关联。
- 图书服务人员与删除书目、增加读者、修改与删除读者、预订书刊及撤销预订间有关联。
- 读者与借阅书刊、归还书刊间有关联。
- 在图书馆中图书馆管理人员与图书编目人员、服务人员间有继承关系。

这样，可用图 7.11 将以上分析的内容用用例图表示。图 7.12 为借阅书刊的场景图。

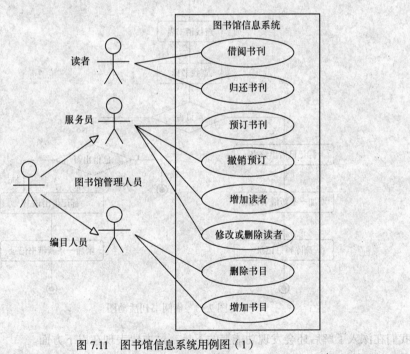

图 7.11　图书馆信息系统用例图（1）

同时，可以用场景对每个用例功能作较为详细的介绍，为简化起见我们下面仅对借阅书刊作场景介绍如下。

此场景也可用活动图表示为图 7.13。

3. 领域理解（2）

在完成初始功能模型后，我们会发现它仅是对系统功能的一个粗糙表示，尚需通过迭代与递增继续对需求作深入理解并继续构作功能模型，使之继续完善。因此，我们需作领域理解（2），它是对领域理解（1）的补充与修改。

借阅书刊描述（2）
1. 如果读者已预订，则：
   （1）查找借书者
   （2）查找书目
   （3）标记已借出该书
   （4）增加一条新借书记录
   （5）删除预订记录
   （6）结束
2. 如果读者未预订，则：
   （1）查找借书者
   （2）查找书目，看书是否已借出
   - 已借出——转（5）
   - 未借出——转（3）
   （3）标记已借出该书
   （4）增加一条新借书记录
   （5）结束

图 7.12 借阅书刊场景图（1）

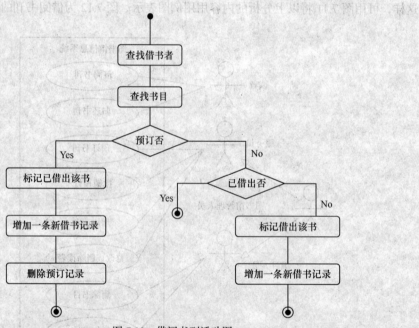

图 7.13 借阅书刊活动图

我们在深入了解后还会发现功能上的不足，这主要表现在以下方面。

① 应该将书目进一步区分成书题与书目，这主要是因为一种书往往需要购买多本，这就出现了书题与书目之分。

② 应该可以不对图书馆管理人员作严格区分，这主要是因为图书馆管理人员的有关信息不属系统管理。

基于以上两条，我们应该对领域理解（1）作修改，从而得到领域理解（2）。

- 图书馆中的所有图书与杂志必须在系统中统一登记和注册，此项工作由图书馆管理人员负责。

- 图书馆负责采购图书，对某些流行的图书可以多买几本，并对旧书、过期书刊以及破损、遗失书刊作删除，此项工作由图书馆管理人员负责。

● 读者可以通过系统借阅与归还书刊。

● 图书馆管理人员可以对未借出书刊进行书刊预订工作。

● 系统采用 C/S 结构模式，采用 Windows 2000 操作系统以及 SQL Server 2000 数据库管理系统，系统还应有一个好的图形用户界面。

凡有画线处表示对原理解的修改。

4. 功能模型（2）

根据领域理解（2），可以重新构作功能模型（2），它是对功能模型（1）的适当修改，主要包括如下一些内容。

① 用例：用例应该增加两个。

● 增加书题

● 删除或修改书题

② 角色：角色可以减少两个。

● 图书馆编目人员

● 图书馆服务人员

③ 系统：不变。

④ 关系：在原有基础上作适当调整。

这样经过调整后的用例图如图 7.14 所示。

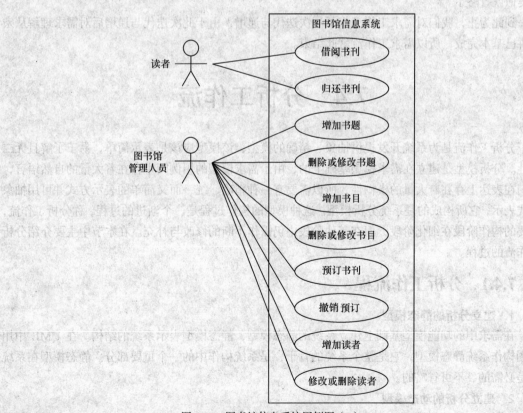

图 7.14　图书馆信息系统用例图（2）

此时借阅书刊场景也需作部分变动，如图 7.15 所示。

```
                    "借阅书刊"描述（2）
   1．如果读者已预订书刊，则：
   （1）查找借出者
   （2）查找书题
   （3）查找书题下的书目
   （4）标记已借出该书
   （5）增加一条新借书记录
   （6）删除预订记录
   （7）结束
   2．如果读者未预订，则：
     （1）查找借书者
     （2）查找书题
     （3）查找书题下的书目，看是否已借出
     ● 已全部借出——转（6）
     ● 未全部借出——转（4）
     （4）标记已借出该书
     （5）增加一条新借书记录
   （6）结束
```

图 7.15　借阅书刊场景图（2）

在图 7.15 中凡有下画线之处是对原描述的递增，有关此场景的活动图，在此处由于其递增内容类似就省略了。

到此为止，我们对需求工作流作了一次迭代与递增，由于此次迭代与递增后对需求理解从宏观讲已基本完成，所以需求工作流就此结束。

7.4　分析工作流

分析工作流是为系统开发提供抽象、精确的模型，该模型应该是表示简单、易于了解且无二义性。分析模型是建立在需求模型基础上的，由于需求模型的用例图中存在着大量的自然语言，它们在表达上存在着大量的模糊性，所以需要有一种精确、统一而又简单的表示方式并可用抽象形式表示，它所构成的是系统分析模型。这种模型的构作过程是一个渐进的过程，称分析工作流，主要的构作阶段在细化阶段，但在其他阶段中仍需作不断的修改与补充。在本节中主要介绍分析工作流的过程。

7.4.1　分析工作流程

1．建立分析的静态模型

在需求中的功能模型基础上建立系统的静态模型，静态模型表示系统的结构。在 UML 中用类图构作系统静态模型，它是整个系统的骨干，是系统构作中的一个重要部分。静态模型在系统中是必需的、不可省略的。

2．建立分析的动态模型

在需求中的功能模型及系统静态模型基础上可以建立系统的动态模型。系统的动态模型表示系统活动的规律，它包括系统中消息的活动规律以及类状态变化规律。在 UML 中它可用序列图、协作图表示消息的活动规律，用状态图表示类自身的活动规律，有时也可用带泳道的活动图表示系统活动流程。

系统动态模型是建立在其静态模型基础之上的，这种模型是可选的，亦即是说当消息活动规律不明显或类状态变化不明显时它是可以省略的。同时在描述消息活动规律时可根据需要在序列图或协作图中选择一种。一般而言，当消息活动具有严格的时间次序规律时可选用序列图，而当需要强调消息间的协作时可选用协作图，个别情况下则可选用带泳道的活动图。

3. 检验模型并改进

在完成静态模型与动态模型后即可检验此两种模型是否满足用户需求与客观要求，若尚未满足要求，则可通过迭代与递增或重作分析模型或从领域理解、功能模型开始作进一步修改，并最终修改与补充静态模型与动态模型，直到满意为止。

在 RUP 四个阶段中分析工作流贯穿全过程，但以细化阶段为主，因为在细化阶段中需求功能模型已较为成熟，此时构作分析模型较为适宜。但是，这并不妨碍在其他几个阶段中仍可建立分析模型，在构造与过渡阶段中可以不断地对分析模型作修改与补充，使之不断完善。有时，还可通过对初始阶段的修改而进一步完善分析模型。

7.4.2　分析工作流中的 UML

分析工作流中须构作静态模型与动态模型，它应用 UML 中的类图以构作静态模型，用序列图、协作图、状态图及活动图以构作动态模型。

1. 类图

在 UML 中可以用类图描述系统的静态模型，这是系统的基本架构，它由类及类间关系组成。其中类是构作系统的基本单位，它可由需求的功能模型中提炼而成。在类与类之间存在着多种关系，它们可以是关联、继承、聚合、依赖等。有关类图的详细情况已在 6.1.4 节中介绍。

2. 序列图

在 UML 中可以用序列图表示系统中消息的活动规律，特别是消息按时间次序的活动规律，它是系统分析中的一种动态模型，目前使用比较普遍，详细内容已在 6.1.5 节中介绍。

3. 协作图

在 UML 中还有一种表示消息活动规律的方法是用协作图，它强调系统中消息间的相互协作关系。它是系统分析中的另一种动态模型，目前使用也比较普遍，详细内容已在 6.1.5 节中介绍。

4. 状态图

在 UML 中可以用状态图表示类的内部变化规律，它一般用于状态比较明显与简单的类中，它也是系统分析中的一种动态模型，其使用频率不高，详细内容已在 6.1.5 节中介绍。

5. 活动图

在 UML 中可以用活动图表示系统工作流程，在分析工作流中，它一般一定与泳道有关。它也是系统分析中的一种动态模型，目前其使用频率不高，详细内容已在 6.1.5 节中介绍。

此外在分析工作流中也可以使用 UML 中的扩展部分，它包括笔记本、加标签值、版类等内容。

7.4.3　图书馆信息系统分析工作流介绍

我们以例 7.5 的图书馆信息系统为背景介绍该系统的分析工作流。

【例 7.6】 图书馆信息系统的分析工作流。该分析工作流以例 7.5 所构作的领域理解及功能模型为基础，它共分为类图构作、序列图、协作图以及状态图四部分，对它的构作是在细化阶段进行的。

1. 类图（1）

由用例图可知，角色"读者"是类，但角色"图书馆管理人员"因在领域理解中已明确不属系统范围，所以它不构成类。在用例中，"增加书目"与"删除书目"可合并成一个类，"借阅书刊"与"归还书刊"可合并成一个类，"预订书刊"与"撤销预订"可合并成一个类，"增加书题"与"删除书题"可合并成一个类。这样一共可以有五个类，它们分别可标以 Borrower（借书读者）、Item（书目）、Loan（借出）、Reservation（预订）及 Title（书题）。这五个类分别有如下属性与操作。

（1）Borrower

属性：Name

Address

操作：Find ()

Create ()

Destroy ()

（2）Item

属性：Id

操作：Create ()

Destroy ()

（3）Loan

属性：Date

操作：Create ()

Destroy ( )

（4）Reservation

属性：Date

操作：Find ()

Create ()

Destroy ()

（5）Title

属性：Id

Name

Total Reservation Number

操作：Find ()

Create ()

Destroy ()

这五个类之间有以下五种关联。

- Item 与 Title 间的 Copy of 关系，它们是多一关系。

- Loan 与 Item 间的 may be loaned in a 关系，是一一对应关系。

- Borrower 与 loan 间的 has 关系，是多一关系。

- Borrower 与 Reservation 间的 has 关系，是多一关系。
- Reservation 与 Title 间的 may be reserved in a 关系，是多一关系。

这样，可以构成一个如图 7.16 所示的类图。

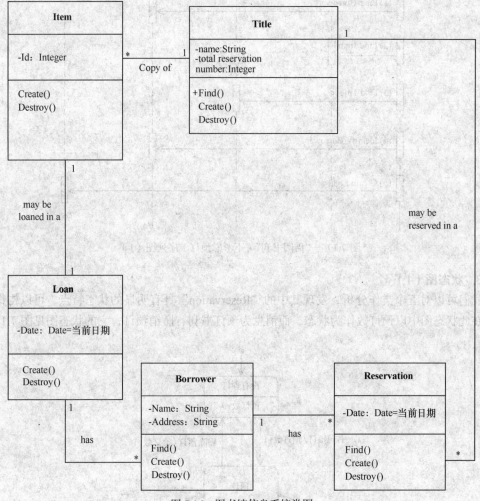

图 7.16　图书馆信息系统类图

2. 序列图（1）

序列图的构作以用例图为基础进行，我们以借阅书刊为例构作序列图。

（1）消息

在用例"借阅书刊"（为简单起见不考虑有预订情况）中的消息是：

- Find Title
- Find Item
- Find Borrower
- Identify Borrower
- Create Loan

（2）序列图构作

可以构作"借阅书刊"（不考虑预订）的序列图如图 7.17 所示。

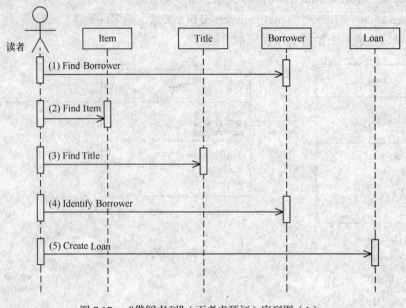

图 7.17 "借阅书刊"（不考虑预订）序列图（1）

3. 状态图（1）

我们可以对五个类作分析，发现其中的"Reservation"具有明显的状态特点，可以构作状态图，在此状态图中以预订数作为状态，而消息为预订书刊、撤销预订，它的状态图见图 7.18。

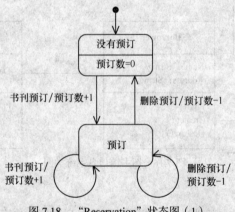

图 7.18 "Reservation"状态图（1）

4. 进一步的领域理解

在构作完分析模型后，我们会发现在类图中的"书目"类中有些属性无法设置，如 Author（作者）在书中应设置但在期刊中则没有，又如在期刊中应有 Volume（卷）、No.（号）之称而在书中则没有。因此，在"书目"中应分设两个子类："Book Title"（书）与"Magazine Title"（期刊），这样，在领域理解中必须明确增加并区分书与期刊。

5. 功能模型（3）

在进一步领域理解的基础上，对原有功能模型作修改，即将原有两个用例"增加书目"与"删除或修改书目"改为四个：即"增加书"、"删除或修改书"、"增加期刊"、"删除或修改期刊"。经过修改后的用例图见图 7.19。

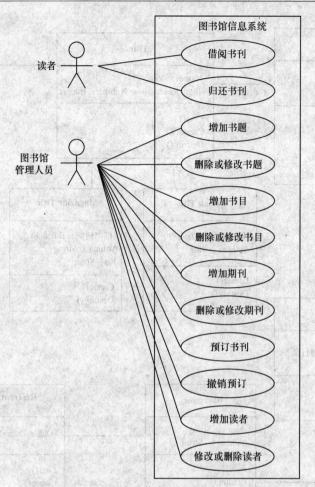

图 7.19　图书馆信息系统用例图（3）

6．类图（2）

在功能模型（3）的基础上可以构作类图（2），它是在类图（1）的基础上增加两个类，即"Book Title"与"Magazine Title"。这两个类的属性与操作分别如下。

（1）Book Title

属性：Author

借期：Days=30

操作：Create

　　　Destroy

（2）Magazine Title

属性：Volume

　　　No

借期：Days=10

操作：Create

　　　Destroy

类"Book Title"与"Magazine Title"和"Title"间有继承关系。在增加了这些类与关系后即可构成类图（2），它可用图 7.20 表示。

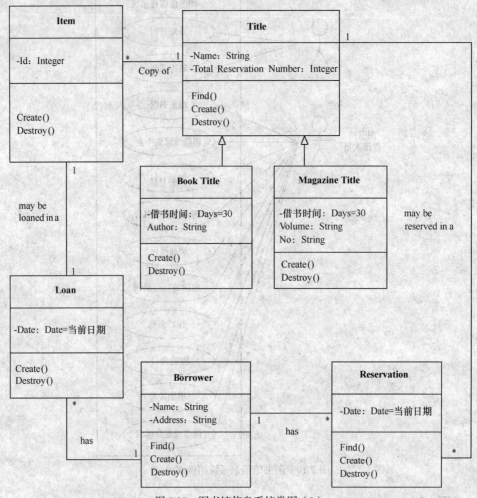

图 7.20 图书馆信息系统类图（2）

7. 序列图（2）

在此次领域理解的修改中对"借阅书刊"的序列图并不产生影响，因此原有的序列图（1）不变，即序列图（2）与序列图（1）等同。

8. 状态图（2）

同样，在这次领域理解的修改中对"Reservation"的状态图也不产生影响，因此原有的状态图（1）不变，即状态图（2）与状态图（1）等同。

在经过一次迭代与递增以后，分析模型由第一个修改成第二个，即类图（2）、序列图（2）及状态图（2），它比第一个模型更为完善。这个分析模型是建立在细化阶段中的，为简单起见，我们暂不考虑除细化阶段外的分析模型的修改与泛化。

7.5 设计工作流

设计工作流是为系统开发提供成熟、稳定的设计模型。设计模型是面向开发者的，它应该是详细的，与系统逻辑结构有关的，它建立在分析模型基础上，对分析模型作扩充与深化。具体说来即是扩充语义与相关的逻辑部件，其所形成的模型仍是静态模型与动态模型。

设计模型的构作是一个渐进的过程，它分布于四个阶段中的每个阶段，它的主要构作在细化阶段，但在其他阶段仍需不断的修改与补充，它构成一个设计工作流。在本节中主要介绍设计工作流的过程。

7.5.1　设计工作流程

设计工作流由下面几部分依次组成。

1.　建立设计的静态模型

在分析模型基础上可以建立系统设计的静态模型，设计的静态模型是对分析静态模型的扩充与深化，它包括如下的一些内容。

① 对类的属性与操作进一步细化与深化，使之更加实用。

② 引入版类，将版类分解为三种，它们是：事实类（或称持久类）、控制类与界面类。

③ 对原有分析模型类图中的类进行增补，使之从逻辑上构成一个完善的类图。

④ 引入接口，使原有分析模型中类间脱节的接口能相连。

⑤ 引入加标签值与约束，对分析模型中的类间关系设置各种性质与条件，使需求中的性能要求在其中可以得以实现。

⑥ 引入包与包间的关系，将分析模型中的类图分解成若干个子系统，以便于理解与管理。

⑦ 引入便条，对模型中不清楚之处加以说明。

⑧ 其他的一些深化、细化的语义设置。

在设计静态模型中其所用 UML 中的图仍是类图。

2.　建立设计的动态模型

在分析模型与设计的表态模型基础上可以建立系统设计的动态模型。系统设计的动态模型是对分析动态模型的扩充与深化，它包括下面的一些内容。

① 对消息的活动规律进一步细化与深化，使之能实用。

② 对类自身的变化规律进一步细化与深化，使之能实用。

③ 进一步引入约束与加标签值，使需求中的性能要求在此中能实现。

④ 进一步引入便条，对动态模型中不清楚之处予以说明。

⑤ 其他的一些深化、细化的语义设置。

在设计动态模型中它所用的 UML 中的图仍是序列图、协作图、状态图及活动图。

3.　检验设计模型并改进

在完成设计静态模型与动态模型后即可检验两种模型是否满足用户需求与客观要求，若尚未满足要求则须修改，直到最终满意为止，其修改方式分为三种。

① 在原分析模型基础上修改与增补，使设计模型更加完美。

② 修改分析模型，在此基础上修改与增补设计模型，使之更加完善。

③ 从领域理解、功能模型修改起，进一步修改分析模型，在此基础上修改与增补设计模型，使之更加完善。

在 RUP 的四个阶段中，设计工作流贯穿于其全过程，但以细化阶段为主，因为在细化阶段中需求功能模型及分析模型已较成熟，此时构作设计模型较为适宜，但是这并不妨碍它在其他几个阶段中仍可建立设计模型。在构造与过渡阶段中可以不断对设计模型作修改与补充，使之不断完善。有时，还可通过对初始阶段的修改进一步完善设计模型。

7.5.2　设计工作流中的 UML

在系统设计工作流中与系统分析工作流一样需构作静态模型与动态模型，它应用 UML 中的类图以构作其静态模型，用序列图、协作图、状态图以及活动图以构作动态模型，但所需的模型元素则更多、更复杂。

1．类图

在系统设计模型中仍可以用类图描述系统的静态模型，但此时的类图应该是详细的、深入的，并且能满足系统开发人员要求的静态模型。

2．序列图、协作图、状态图以及活动图

在系统设计模型中仍用序列图、协作图、状态图以及活动图描述系统的动态模型，但此时的这些图应该是详细的、深入的，并且能够满足系统开发人员要求的动态模型。

3．UML 的扩充

在系统设计模型中要充分使用 UML 中的扩充部分，它包括加标签值、约束、版类以及便条等，使得设计模型的语义表示能更充分，解释得更清楚。它包括以下几方面。

① 对类的逻辑性质要明确定义。

② 对类间关系要设置性质与约束条件。

③ 对类图要设置子系统。

④ 对消息要设置性质与约束。

⑤ 对模型元素要作必要的语义与语法说明。

有关以上这些 UML 中的模型元素的详细介绍以及具体使用在第 6 章中已均有说明，在本节中就不再介绍了。

7.5.3　图书馆信息系统设计工作流介绍

我们以例 7.5 及例 7.6 中的图书馆信息系统为背景，介绍该系统的设计工作流。

【例 7.7】　图书馆信息系统的设计工作流以例 7.6 所构作的类图（2）、协作图（2）以及状态图（2）为基础构作，在其上作进一步细化与深化。此构作是在细化阶段进行的，其构作过程如下。

1．类图（3）

构作类图（3）分四个步骤。

（1）构作类

对原有类图中的 7 个类的属性与操作作进一步的细化与深化，构成如图 7.25 中所示的较为详细、实用的属性与操作。

（2）增加新类

在原有类图中共有 7 个类，它们实际上均是控制类，但是在实际应用逻辑中尚需增添实体类和界面类，其中实体类用于数据的持久性存储，而界面类则用于用户与系统的直接交互。一般而言，为统一起见，对数据存储机构设置一个抽象类 "Persistent"，它作为存储机构的超类与控制类建立关联，而界面类则可以单独设置。在此例中它应包括 "借书"、"还书" 界面，"预订"、"撤销预订" 界面，所有这些界面均与一个 "主窗口" 界面关联。这两种新类一共有 6 个类。因此在此例中需增加 6 个类共为 13 个类，其类图是包含了这 13 个类的图，在实际表示时可用图 7.22 与图

7.23 分别描述。它们以包的形式存储，分别是业务处理包与用户界面包。

（3）增添类中及类间关系的语义约束及性质

在类图中可设置一些语义限制与约束，如：{Ordered} 及 {Abstract} 等。此外，还应增添版类，如实体类及边界类等，如图 7.22 所示。

（4）构作子系统

根据领域理解中的要求，此系统是一个 C/S 结构的系统，在 C/S 结构中系统一般可分为三个子系统，它们是数据库子系统、业务处理子系统以及用户界面子系统，它可用三个包表示，它们是数据库包、业务处理包以及用户界面包，其间可用依赖关系关联，如图 7.21 所示。

在这三个包中，用户界面包与业务处理包由图 7.22 及图 7.23 分别表示，而数据库包的描述在此就省略了。

到此为止我们就完成了对设计模型中静态模型的表示。

顺便说明一下，在图 7.22 及图 7.23 中我们自定义两种专用版类，它们是《Business Object》及《Windows Object》，分别表示特殊的处理版类及窗口界面版类。

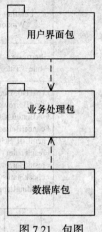

图 7.21　包图

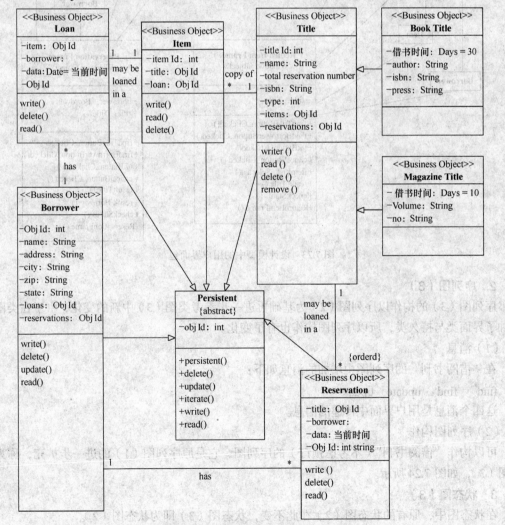

图 7.22　设计模型中的业务处理包

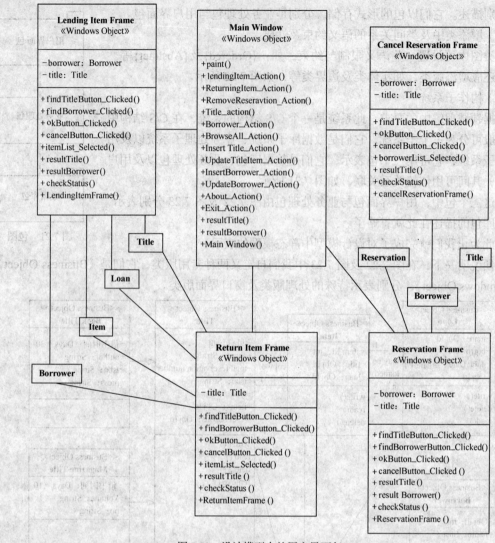

图 7.23 设计模型中的用户界面包

2. 序列图（3）

序列图（3）的构作以序列图（2）为基础再进一步参考类图（3）中新的变化，由于在类图中增加了界面类与持久类，所以序列图构作也有了变化。

（1）消息

在"借阅书刊"的序列图中增加的消息如下：

find   find′   update   update′

这四个消息是用户界面中传递的消息。

（2）序列图构作

可以构作"借阅书刊"（不考虑预订）的序列图，它是原序列图（1）的进一步扩充，称为序列图（3），如图 7.24 所示。

3. 状态图（3）

在状态图中，原有的状态图（2）在此不变，状态图（3）即为状态图（2）。

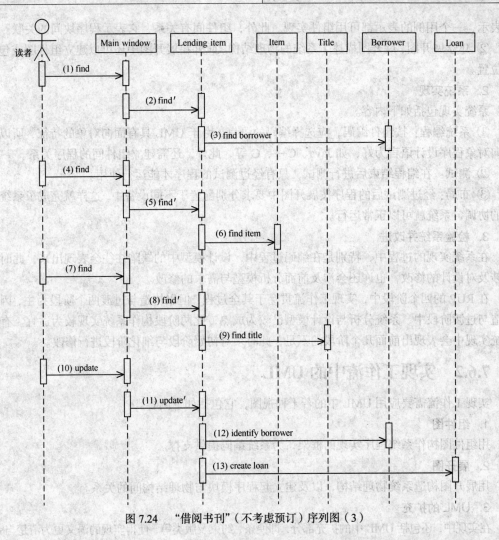

图 7.24　"借阅书刊"（不考虑预订）序列图（3）

以上的设计模型是在细化阶段进行的，为简单起见，此设计模型在其他阶段的变更均暂不考虑。

7.6　实现工作流

实现工作流是提供一个系统的软件产品，该产品应能满足系统的需求。实现工作流一般建立在设计模型的基础上，它根据设计模型编程，并做测试，最终形成正式提供给用户使用的产品。

系统实现也是一个渐进的过程，它分布于四个阶段中的每个阶段，它主要构作于构造阶段与过渡阶段，但在前面两阶段中也有可能会出现，本节主要介绍实现工作流过程。

7.6.1　实现工作流程

实现工作流由下面几部分依次组成。

1．建立系统物理结构图

在设计模型的基础上建立系统的物理结构图，它包括组件图与展开图。

① 建立组件图，组件图由组件组成，每个组件代表一个独立的程序模块。一般来讲，一个类

的表示、一个用例的表示都可用组件实现。此外，组件间有关系，它表示程序块间的关联。

② 建立展开图，展开图描述了系统的物理结构。此外在展开图中还可以建立组件图或包的物理位置。

2. 系统实现

系统实现包括如下内容。

① 系统编程：按组件编码，应选择编码的语言，由于 UML 具有面向对象的特征，所以采用面向对象程序设计语言为好，如 Java、C++、C#等，此外，还需建立组件间的程序关系。

② 测试：在编程结束后进行测试，只有经过测试的程序才能运行使用。

③ 布局：经过测试后的程序按展开图中要求分别配置于不同设备中，这样就完成了系统软硬件的协调，系统就可以正常运行。

3. 检验系统并改进

在系统实现的过程中，特别是在编码过程中，设计模型中的缺陷往往会表现出来，此时可能会涉及对设计的修改，也许还会涉及前面分析模型与需求的修改。

在 RUP 的四个阶段中，实现工作流贯穿于其全过程，但以构造与过渡两个阶段为主，因为在构造与过渡阶段中，系统分析与设计模型已较为成熟，此两阶段构作系统实现较为适宜。有时，系统实现中会表现出前面几个阶段的不足，此时须对初始阶段与细化阶段进行修改。

7.6.2 实现工作流中的 UML

实现工作流需要应用 UML 中的若干种视图，它包括如下内容。

1. 组件图

用组件图构作系统程序实现的框架，为系统编码提供支撑。

2. 展开图

用展开图构造系统物理结构，以及建立起程序模块与物理结构间的关系。

3. UML 的扩充

在实现中，还包括 UML 中的扩充部分，即便条、约束及版类等，使得实现的语义更为清楚与完整。

7.6.3 图书馆信息系统实现工作流介绍

我们以例 7.5、例 7.6 及例 7.7 中所述的图书馆信息系统为背景，介绍该系统的实现工作流。

【例 7.8】 图书馆信息系统实现工作流以例 7.7 所构作的类图（3）、协作图（3）以及状态图（3）等为基础构作，此种构作是在构造阶段进行的，其构作过程如下。

1. 组件图构作

根据设计模型可以构建如下八个组件。

（1）组件 borrower.C++

此组件用于对类 borrower 的静态描述及相关动态行为的编码实现，可用 borrower.C++表示，在该表示中尾部标以 C++表示可用 C++编程。

（2）组件 item.C++

此组件用于对类 item 的静态描述与相关动态行为的编码实现，可用 item.C++表示，在该表示中尾部标以 C++表示可用 C++编程。

（3）组件 title.C++

此组件用于对类 title、book title 及 magazine title 这三个类的静态描述与相关动态行为的编程